Wenn zwei sich streiten, kommt ein Dritter dazu

Malte Küppers

Erste Auflage 2021

Lektora GmbH
Schildern 17–19
33098 Paderborn
Tel.: 05251 6886809
Fax: 05251 6886815
www.lektora.de

Druck: MCP, Marki
Covermotiv: Philipp Bussemas, Instagram: @philsl500
Covermontage: Lektora GmbH, Denise Bretz
Lektorat & Layout Inhalt: Lektora GmbH, Denise Bretz
Printed in Poland

ISBN: 978-3-95461-196-6

Inhalt

»Die längste Beziehung meines Lebens führe ich mit Malte Küppers. Und auch wenn seine Körpergeräusche mich in den Wahnsinn treiben, würde ich mir keinen anderen Teampartner wünschen.«

Stef aka. die andere Hälfte der Textstreet Boys

Vorwort

Es hat einige Zeit gedauert, bis ich eine Idee dafür hatte, unter welchem Thema ich diese Vielzahl an Texten, die ich in den letzten Jahren so geschrieben habe, sammeln könnte. Ich hätte zum Beispiel der nächste weiße Dude Mitte 30 sein können, der auf unzähligen Seiten erzählt, wie jung er sich doch noch fühlt. Aber das war mir dann doch zu viel Klischee und hat daher nur in ein paar Texten Platz. Irgendwie fehlte dafür auch der rote Faden in allen Texten. Manche hatten einen starken Fokus auf meiner Familie, andere auf der Gesellschaft im Allgemeinen, wieder andere waren einfach nur klassische Rants oder bodenloser Quatsch.

Doch irgendwann fiel mir auf, dass allen Texten größere und kleinere Konflikte innewohnen. Das verwundert natürlich nicht, schließlich machen Konflikte eine Geschichte interessant und fördern die Entwicklung der Charaktere. Doch vor allem kann ich aus meiner Erfahrung als ausgebildeter Deeskalationstrainer sagen, dass Konflikte unser gesamtes Leben bestimmen. Sie sind überall, wir müssen uns ständig mit ihnen auseinandersetzen und manchmal fallen sie uns auch gar nicht als solche auf. Ein Konflikt muss nicht immer nur aus lauten Worten oder körperlicher Gewalt bestehen. Er kann genauso gut nur in unserem Kopf stattfinden. Oder er kann strukturell so tief in unserer Gesellschaft verankert sein, dass der Konflikt viel zu groß ist, um ihn auf den ersten Blick zu erkennen. Darum habe ich dieses Buch auch in die unterschiedlichsten Bereiche aufgeteilt, in denen wir auf Konflikte stoßen können, um mich immer wieder mehr oder weniger darüber aufzuregen und die Konflikte in diesem Buch auszutragen, in dem ich auch die Menschen zu Wort kommen lassen will, mit denen ich in die Auseinandersetzung gehe.

Menschliches Miteinander ohne Konflikte ist eine unerreichbare Utopie und das steckt auch in jedem meiner Texte. Natürlich wollen wir alle eine gute Welt, nur werden wir die nicht einfach durch Freude, Freude und Eierkuchen bekommen. Es benötigt Reibung, Widerstand – Konflikte eben. Und selbst wenn diese gute Welt irgendwann mal erreicht sein sollte, so werden weiterhin Konflikte notwendig sein, um diesen Status Quo aufrecht zu erhalten. Ich bin weit davon entfernt, zu glauben, dass dieses Buch etwas zu diesem Wunsch beitragen kann. Dafür schreibe ich einfach zu viel Blödsinn. Aber vielleicht liest ja irgendwer von euch eine der Geschichten und erinnert sich an Situationen, die er oder sie selbst durchgemacht hat, dem ähnlich sind oder auch völlig gegensätzlich. Vielleicht ist das dann ein kleiner Anstoß, darüber nachzudenken, welche Konflikte ausgetragen werden wollen und müssen und welche am besten vermieden werden. Darauf kann ich nämlich keine Antwort geben. Das muss jeder Mensch für sich selbst entscheiden. So wie ich auch mit dem Schreiben dieses Buches einen ersten Konflikt für mich lösen musste. Ich habe nämlich vor geraumer Zeit einem meiner langjährigsten Freunde versprochen, dass er auf jeden Fall das Vorwort zu meinem ersten Buch schreiben darf. Und jetzt haltet ihr dieses erste Buch in den Händen und ich habe dieses Versprechen natürlich nicht vergessen. Daher werde ich die restlichen Zeilen hier meinem alten Freund CP

übergeben, bevor ihr dann in die Textsammlung entlassen werdet:
Ja, herzlichen Glückwunsch, Malte schreibt ein Buch!

Und dann gab es da ja noch die Schnapsidee, dass ich das Vorwort dazu verfassen durfte.

Schnapsidee trifft es allerdings ganz gut: Es war einer dieser feuchtfröhlichen Abende an der Theke unseres Stammladens. Mittlerweile sind wir es im Freundeskreis gewöhnt, dass unser Malte erst verspätet dazustößt, so auch heute. Er hatte mal wieder einen Auftritt irgendwo zwischen Westerwald und Münsterland. Euphorisiert betritt er die Kneipe und überredet uns gleich zu einer Runde irgendeines Fusels[1]*. Als die Flasche zur Neige geht, leier ich ihm das Versprechen aus den Rippen: »Ja, wenn ich jemals ein Buch veröffentliche, darfst du das Vorwort schreiben.«*

Der Abend ist jetzt schon ein paar Tage her. Während wir an der Theke sitzen geblieben sind, eroberte Malte die Poetry-Slam-Bühnen des Landes. Wir lachen höchstens noch über die private Silvesterparty, bei der unser Kleinkünstler recht spontan seine ersten Texte vortrug.

Es ist Samstagvormittag, ich liege mal wieder viel zu lang im Bett, als mich eine Nachricht von Malte erreicht: »Ich schreibe ein Buch und du das Vorwort dazu!«

Wir zwei kennen uns jetzt schon unser halbes Leben. Wenn man bedenkt, dass wir nicht die klassischen Schulfreunde sind, sind unser Elternhäuser doch gute 50 Kilometer voneinander entfernt, ist ein halbes Leben schon ganz schön lang. Mensch, sind wir alt geworden …

Im Gegensatz zu früher und dem Schnaps teilen Malte und ich heute gewiss nicht mehr jedes Hobby, doch wenn ich jetzt mal so drüber nachdenke, fällt mir keiner oder keine in meinem Freundeskreis ein, den oder die ich noch länger kenne

....

1 Es war wahrscheinlich Tequila, wie immer an solch verheerenden Abenden.

und zu dem oder der ich regelmäßig im Austausch stehe. Und damit meine ich jetzt nicht die »Kontakte«, die euch der Algorithmus von Mark Zuckerberg regelmäßig in die Timeline spült. Fotos von einsamen Stränden oder Babyschühchen sind kein »in Kontakt stehen«. Erst recht nicht, wenn ihr danach Glückwünsche an die werdenden Eltern schreibt und dabei feststellen müsst, dass die letzte Kommunikation im Chat die Urlaubsgrüße von vor zwei Jahren waren.

Der Großteil dieser Art von »Freundinnen und Freunden« bleibt mir aber Gott sei Dank sowieso erspart. Zu meiner Schulzeit verloren die Handys erst ihre Antennen und in Pausen zockten wir Snake auf dem Nokia 3210. Mit vier Tasten steuerte man dabei eine immer länger werden Schlange über ein begrenztes Spielfeld, ohne an den eigen Schwanz zu stoßen. Ja, die liebe Weiterentwicklung auf diesem Sektor ist schon beeindruckend. Ich hingegen schaffte mein Abi auch noch ohne Account im StudiVZ. Schon wieder so ein Ding, was die jüngere Leserschaft jetzt erst mal nachschlagen muss.

Während ich so über all dies nachdenke, erreicht mich eine zweite Nachricht von Malte. Im Buch solle es um Konflikte gehen und überhaupt, ob ich das Vorwort den jetzt übernehmen würde?!

Mir beschert er damit zunächst einmal einen schönen inneren Konflikt: Das Vorwort schreiben? Kann ich das?

Wie ihr seht: Ja, ich kann! Daher bleibt mir nichts anderes mehr übrig, als zu sagen: Haltet euch doch einfach an Malte und daran, wie er die letzten Jahre angegangen ist! Macht einfach immer das, worauf ihr Bock habt, ganz unabhängig davon, was andere dazu sagen!

FAMILIE …
KANNST DU DIR NICHT AUSSUCHEN, MUSST DU IRGENDWIE MIT KLARKOMMEN, DA SIND NATÜRLICH EIN PAAR KOMISCHE VÖGEL DABEI, DA MACHST DU NIX DRAN.[2]

Ich rege mich oft über meine Familie auf. Das heißt nicht, dass ich nicht froh bin, sie zu haben. Aber manchmal frage ich mich doch, was das für ein Haufen Menschen ist, dem ich da entsprungen bin. Wenn ich anderen erzähle, was meine Familie so ausmacht, ernte ich verwirrte Blicke, peinlich berührte Lacher oder meine Gesprächspartner*innen gehen einfach sofort wieder. Mir bleibt also nicht viel anderes übrig, als einfach alles aufzuschreiben, was mir zu diesem Personenkreis in den Kopf kommt.

2 Mutter sagt: *Eine Aussage von Malte, der ich voll und ganz zustimme, vor allem, da Malte auch zu den komischen Vögeln zählt. Wenn unsere Kinder das erste Mal Freund*innen mit nach Hause bringen, werden die schon mal vorgewarnt, wie laut es bei uns zugeht und dass Sie sich die dummen Sprüche, die zwangsläufig kommen werden, nicht zu Herzen nehmen sollen. Aber ich glaube, nach den ersten schockierenden Momenten kommen alle gerne wieder, weil unsere Familie einfach toll ist.*

Eventuell übertreibe ich dabei hier und da. Das kann ich gar nicht abstreiten. Aber die meisten von euch werden sicher den ein oder anderen Moment erleben, wo sie sich denken: »Japs, so viel anders ist es bei mir auch nicht.«

Wenn Bekannte von mir meine Familie kennenlernen, denken sie wahrscheinlich direkt, dass wir eigentlich im ständigen Konflikt leben. Das liegt wahrscheinlich vor allem daran, dass wir bei Familienfeiern allesamt versuchen, einander zu übertönen, um irgendwie gehört zu werden, was dazu führt, dass wir einfach alle wild durcheinander rumbölken. Wir könnten natürlich brav nacheinander sprechen und uns zuhören oder einen Redestein umherreichen, aber so funktionieren Familien wohl selten. Ich habe mich daran gewöhnt und sehe das nicht als Konflikt, sondern als Durchsetzungstraining. Konfliktbeladen wird es eher, wenn die Familie die folgenden Texte liest und sich auf den Schlips getreten fühlt. Darum habe ich mich nun dazu entschieden, dass meine Mutter dem Kapitel mit einigen Fußnoten ihre Perspektive hinzufügen kann. Dann könnt ihr euch selbst ein Bild davon machen, wie nachvollziehbar oder unverständlich die jeweiligen Konfliktfelder so sind, und meine Mutter hat endlich die Möglichkeit, öffentlichkeitswirksam zu zeigen, was sie an meinen Texten so stört. So werden Konflikte gelöst, liebe Leute! Oder sie werden erst recht angefacht, aber das werde ich wohl oder übel selbst herausfinden.

Winterliche Austreibung

Die Wiesen waren von Schnee bedeckt
Die weiße Decke von Hufspuren befleckt
Denn Rehe hüpften freudig umher
Die Vögel war'n munter, die Fische ... nicht mehr
Der Schnee funkelte in der Sonne
Doch diese post-weihnachtliche Winterwonne
War schon bald komplett für den Arsch

Denn über Tausende von Meter
Hört man plötzlich lautes Gezeter:
»Jetzt komm schon raus, du faules Schwein!
Drei Tage hört man mich schrei'n
So lang wart ich schon auf dich
Und du? Du bewegst dich einfach nicht!«
Auch wenn man es kaum glauben mag
Das war meine Mutter, die mit mir im Kreissaal lag

Drei Tage verursachte ich Wehen
Drehte mich lieber nochmal um
Wollte die Welt da draußen nicht sehen
Und machte keinen einzigen Finger krumm
Ich machte bereits im Mutterleib deutlich
Was ich damals nicht mochte
Das will ich auch heut nicht!

Ne kleine Info für euch, so als Bonus:
Ein Faultier, das wär mein Patronus![3]

Also musste der Doktor ran
Um mich irgendwie rauszuziehen!
Ich wurde das Opferlamm
Für seine neuen Geburtstechnologien

Mit einem Sauger zog er mich aus meiner Mama
Und ich schrie und kämpfte und schlug um mich
Bis meine Mutter mich sah und gänzlich erblich
Für sie war sofort klar
Sie wollte kein Kind mit rotem Haar
»Mir wird schlecht wegen diesem Wicht!
Schiebt ihn zurück, wo er vorher war!
So ein Monstrum! Das will ich nicht!«[4]

Wie ihr euch denken könnt
War das technisch nicht möglich.
Der Arzt hätt es Mama gegönnt
Doch verhielt sich letztendlich löblich
Zumindest, was meine Interessen angeht
Wenn man dank der Mutter in Lebensgefahr schwebt.

....

3 Mutter sagt: *Ob Malte faul war oder ich, keine Ahnung. Tatsache ist, dass die Geburt 32 Stunden gedauert hat. Allerdings haben wir es ohne technische Hilfsmittel geschafft und als der Arzt mir endlich das Baby entgegenhielt, wie Gott es geschaffen hat (und ich dachte, das hätten meine Eltern übernommen), konnte ich nur schluchzen: »Was ist es denn eigentlich?«, woraufhin der Arzt lapidar meinte: »Na, wenn Sie das nicht erkennen!«*

Also war die Haarfarbe wohl nicht das Auffälligste.

4 Ihr mögt es euch ja vielleicht denken, dass ich hier ein bisschen zur Übertreibung neige, der Rotstich auf meinem Kopf war aber tatsächlich ein großes Diskussionsthema innerhalb der Familie!

Er entzog mich ihr auf der Stelle
Sie schrie und verfluchte die biologische Quelle
Meiner Existenz, also meinen Vater
Der schon längst über alle Berge war
Während ich in Sicherheit im Brutkasten lag

Ein paar Tage später, trotz Mamas Gezeter
Kam ein Mann vom Jugendamt
Und ordnete an, dass ich endlich nach Hause kam.
Mutter war von diesem Plan nicht angetan
Wollt aber auch keinen Ärger mit dem Mann
Der jetzt ein Auge auf sie hatte.
So nahm sie mich und sagte im Zwang:
»Dann komm halt mit, du kleine Ratte!«

Doch bald schon, bald schon hatte sie einen Masterplan
Dafür, was man mit roten Haaren macht
Um dann ein ganz normales Kind großzuziehen
Sie hat sich wunderbar ausgedacht
Dass das Problem erledigt ist
Wenn mein Kopf einfach braun aussieht

Als ich nämlich zu Hause war
Begann mein Alptraum: Tag für Tag und Jahr für Jahr
Ganz simpel: Weil ich nicht so aussehen konnte
Griff sie zum Beispiel diesen Becher, von Monte!
Dieser Pudding, haselnussbraun und cremig fein
So sollte der Kopf ihres Jungen sein!
Also nahm sie mich und … dippte mich hinein!
Einen Tag später gab es Kakao, Schokosaft, 100 % rein
Mutter nahm mich und … dippte mich hinein!
Ein Schokobrunnen, sie … dippte mich hinein!
Eine Pfütze voll Matsch, sie … dippte mich hinein!
Dann hatte sie Durchfall und sie … dippte mich hinein?

Nein ... Sie zog ab, denn bei allem Frust
Sie ist kein Schwein!
Auch in die NPD kam ich nicht rein
So braun sollt ich dann doch nicht sein

Doch ihr Plan funktionierte ...
Ich selbst kapitulierte und ließ sie gewähren
Bis eines Tages meine Haare
Nicht mehr rot, sondern dunkelbraun waren
Überzeugt euch ruhig selbst, so wie ich hier steh
Aber Mutter hat eins überseh'n!

Eine klitzekleine Kleinigkeit
Die man nicht sieht, im Kindesalter![5]
Mein Bart, der bleibt weiterhin rot
Steht für die Existenz, die ich selbstbewusst wähle
Ich bin trotz Mutters Verbot
Ein Ginger, ganz ohne Seele!

5 Die meisten Menschen denken hier als erstes an die Intimbehaarung, bevor der Satz weitergeht. Ihr könnt euch ja mal fragen, was euch zuerst in den Kopf gekommen ist.

Kinderwunsch

Der größte Wunsch meiner Mutter ist es, Oma zu werden. Das macht ihr auch ziemlich zu schaffen, da dies ein Ziel ist, welches sie alleine nicht erreichen kann ... es sei denn, sie würde sich strafbar machen.

Darum übt sie dezent Druck auf mich aus, wann ich denn endlich mal Vater werden würde. »Nun ja«, entgegne ich dann meistens, »ich bräuchte dafür erst mal eine potenzielle Mutter und das ist gar nicht so einfach.«

Ich verstehe daher nicht so ganz, warum Mama ihre Hoffnungen nicht in meine kleine Schwester setzt, die ist immerhin in einer festen Beziehung mit diesem Bernd. Okay, meine Schwester ist acht Jahre alt ... und Bernd ist ein Teddy ... aber was soll‹s?

Nein, ihre Hoffnungen liegen allein auf mir. Als Australien vor einigen Jahren das Angebot machte, Samenspender für eine Woche einzufliegen, um dort dreimal in einen Becher zu ejakulieren, wollte sie mir das unbedingt andrehen – so verzweifelt ist sie. Ihr war es also lieber, irgendwo massenhaft Enkelkinder in Kängurubeuteln aufwachsen zu lassen, als gar keine Oma zu werden.[6]

6 Mutter sagt: *Da wir uns kein Auslandssemester für Malte leisten konnten, fand ich das eine gute Idee. Bevor man seine Körperflüssigkeiten nur mit Zewa Wisch&Weg entsorgt, kann man doch was Sinnvolles damit machen.*

Ich habe das natürlich nicht gemacht, denn wenn ich schon Vater werde, dann will ich auch der beste Vater des besten Kindes sein, den diese Welt je gesehen hat!

Das fängt schon bei der Namenswahl an. Natürlich muss es ein Doppelname sein, wenn Eltern heutzutage etwas auf sich halten wollen, dann werden die Doppelnamen ausgepackt, und zwar richtig gute, nicht so asozialer Quatsch wie zum Beispiel »Malte Arnold« – danke, Mama! –, nein, trendige Kinder werden nach einer Stadt benannt. Da ich einen Jungen zeugen werde, zu etwas Komplexerem sind meine Gene nämlich nicht in der Lage, lautet sein erster Name also: Castrop![7]

Als zweiten Namen brauche ich jetzt noch ein wohlklingendes Wort aus einem fernen Land, das beim Aussprechen wie Musik in den Ohren erklingt. Ein Wort, das Wärme und zeitgleich auch unfassbare Coolness ausstrahlt, ein Wort, dem man alles zutraut und es trotzdem einfach nur knuddeln will. Sein zweiter Name lautet Pingviini! Das heißt Pinguin auf finnisch!

Castrop-Pingviini Küppers! Mit diesem Namen sind die ersten Hürden des Lebens schon gemeistert, er weckt Interesse, aber macht es dem Kleinen im Leben auch nicht zu leicht, er wird kein Justin,[8] aber auch kein Sören ... was in mir die Frage aufkommen lässt, was mit einem Kind passiert, das Justin-Sören heißt ... Wahrscheinlich rülpst es dir alle Symphonien von Mozart, Beethoven und Chopin zusammen oder es explodiert einfach, wie Kinder das halt so machen.

Doch zurück zum kleinen Castrop-Pingviini! Der soll es, wie gesagt, nicht zu leicht im Leben haben, ich habe kei-

7 Wer denkt, das wäre eine absolute Quatschidee: Mein Kater heißt mittlerweile so und er ist sehr glücklich damit!

8 Witze über Namen von Menschen sind viel zu einfach und wirklich blöd. Nehmt euch diesen klassistischen Quatsch, den ich hier reproduziere, bloß nicht zum Vorbild!

ne Lust auf so ein weißes Mittelstandskind, das ohne Probleme durch das Leben zieht und am Ende so ein kleines, prätentiöses Arschloch mit 1er-Abitur wird! Nein, so einfach soll es nicht werden, das Kind soll den Struggle spüren. Die Frage ist nur, wie ich das am einfachsten erreichen kann.

Ich habe mal von einem weißen, britischen Pärchen gelesen, welches ein schwarzes Kind bekam. Die Frau erklärte ihrem Ehemann den Sachverhalt so, dass sie während der Schwangerschaft einfach unfassbar viel Lakritz gegessen habe, was die Hautfarbe des Kindes nachhaltig verändere![9] Klingt logisch und auch für mich nach einem guten Plan. Aber was passiert eigentlich, wenn Castrop-Pingviinis Mama etwas anderes als Lakritze essen würde, zum Beispiel täglich Kartoffeln? Dann wird's wahrscheinlich ein Nazi ... Oder täglich ein Glas Chilischoten! Vielleicht gebärt sie dann einen kleinen, feuerspeienden Drachen.

Das wäre genau mein Ding. Mein Sohn, Castrop-Pingviini Küppers, der kleine Drache! Ich würde ihm schon früh zeigen, dass er alles werden kann, was er sich nur vorstellt. Genug Material dafür gibt es ja: ein Feuerwehrmann wie Grisu, unsichtbar wie Elliot, das Schmunzelmonster, langweilig wie Tabaluga oder unfassbar reich wie Smaug. Natürlich tue ich alles für Letzteres, weil es auch um meine Rente geht, aber er soll immerhin glauben, dass er da eine Wahl hat, das ist wichtig für seine Entwicklung.

Ich freue mich jetzt schon darauf, nie wieder ewig den Grill anzuzünden, wir brauchen auch definitiv ein Haus mit Kamin und wer uns das nicht kostengünstig bauen will, der wird einfach flambiert. Dabei überlasse ich es dann auch Castrop-Pingviini, ob er die geschmorten Bauarbeiter fressen will oder nicht. Es ist meines Erachtens nach

9 Ist tatsächlich so passiert, fragt gerne die Suchmaschine eures Vertrauens.

nämlich wichtig, dass Kinder aus erster Hand erfahren, wo ihr Essen herkommt, um dann selbst zu entscheiden, ob sie auf Fleisch verzichten wollen oder nicht.

Wie wohl die Geburt wäre, wenn Castrops Mama im Kreissaal liegt, und unter Schreien schießt ein Feuerschwall – WUSCH – zwischen ihren Beinen hervor, setzt Arzt und Hebamme in Brand, während ich mit einem Netz danebenstehe, um den kleinen Castrop am Davonfliegen zu hindern. Da bekommt die Plakatwerbung »Brennt‹s im Schritt?« direkt eine ganz neue Bedeutung.

Die Kinnlade meine Mutter sinkt auf den Tisch. Sie stellt langsam ihre Kaffeetasse daneben, in der mittlerweile deutlich mehr Schuss als Kaffee enthalten ist. Sie steht schweigend auf, verlässt die Küche und aus dem Zimmer meiner Schwester vernehme ich nur noch ein: »Also, Kleine, wenn ein Mann und eine Frau sich wirklich gaaaanz, gaaaanz lieb haben ...«

Bauarbeit

»Stein um Stein um Stein reiht sich auf. Stein um Stein um Stein baut ein Haus. Stein um Stein um Stein setz ich nieder, Stein um Stein um Stein immer wieder.«

»Ist das dein scheiß Ernst? Halt dein dummes Maul und gib mir endlich den nächsten Ziegel an!«, brüllte mein Vater. »Wir sind hier nicht auf einem von deinen Poesie Slamarang ding dongs, hier wird malocht, Junge!«

»You've got a boy named slamarama lama dama ding dong«, summt mein Onkel ein paar Meter weiter, sehr zum Unbehagen des Erzeugers.

»Fang du nicht auch noch an, ich will die Wand heut noch fertigkriegen!«

»Och, nimm den Jung doch mal mit auf die Baustelle!«, hatte meine Mutter gesagt. »Macht mal was als Vater und Sohn! So kann der Kleine sich auch direkt noch etwas Taschengeld aufbessern, wo gerade Ferien sind.«

Da ist es dann auch egal, dass ich 31 bin und einfach nur Urlaub habe. Wenn meine Mutter Quality Time für die Familie sieht, sind Fakten zweitrangig. »So lernt der Junge auch noch was. Vielleicht ist die Arbeit aufm Bau ja auch was für dich, Malte.«

Natürlich. Das ist durchaus möglich, dass ich mich einfach fälschlicherweise für einen Job im sozialen und künstlerischen Bereich entschieden habe. Da kommt nach fast zehn Jahren gerne mal die Erkenntnis, dass ich eigentlich Bock darauf habe, Häuser zu bauen. Da stelle ich mich doch gerne mit meinem Vater und seinem Bruder in die pralle Sonne, um so richtig männlich Zement anzurühren. »Dat is Mörtel, du Idiot, kein Zement! Wir ziehen hier ne Mauer hoch. Denkse, ich hör deine Selbstgespräche nich? Ich hab Ohren wie ein Fuchs!«

»Luchs, Papa, das heißt Luchs.«

»Mir doch egal, Hund is Hund. Und jetzt gib mir endlich den angerührten Eimer, sonst schenk ich dir heut noch neue Schuhe aus Zement.«

Ich mag meinen Vater. Papa und ich, wir verstehen uns richtig gut. Wenn wir nicht gerade zusammenarbeiten müssen.[10] Als erstes Familienmitglied, das je eine Universität besucht hat, stehe ich da einfach ein bisschen zwischen den Stühlen. Auf der einen Seite der akademische Kontext, eine überdachte Diskussionskultur, Selbstreflexion und auf der anderen Seite mein Habitus der klassischen Arbeiterfamilie, von dem ich mich nicht lösen kann. Es war daher keine Seltenheit, dass ich in der Uni ausfallend wurde. »Das ist ne qualitative Studie, die Vollpfosten! Wenn du unbedingt was auszählen willst, dann kannste gleich mal deine Eier nachfühlen, wenn ich mit dir fertig bin, und nen Durchschnittswert errechnen!«

Es ist vielleicht nicht verwunderlich, dass ich nicht promoviert habe. Das ist aber auch nicht schlimm. Ich bin froh über meine Herkunft. So hab ich immerhin einige andere wichtige Werte und Fertigkeiten vermittelt bekommen.

»Soll ich die nächsten Steine übernehmen? Dann mach ich wenigstens mal was Sinnvolles hier. So schwer kann das doch nicht sein, ist doch keine Zauberei, oder?«

10 Tatsächliche Arbeiten mit meinem Vater laufen doch deutlich harmonischer. Das liegt aber vor allem daran, dass ich nichts mache, außer Werkzeuge und Material anzureichen oder den Staub wegzusaugen.

Während mein Vater sich grübelnd den Spachtel[11] voller Mörtel durch den Bart kratzte, meldete sich mein Onkel: »Apropos Zauberei. Ich kann machen, dass die Luft stinkt!« und feuerte eine Ladung Gas aus seinem Körper, dessen Lautstärke die Reiter von Rohan in Stellung gehen ließ. Der Hall der Baustelle trug das Übrige bei.

»Hui, bist du auf nen Frosch getreten?«, fragte mein Vater noch lachend, kurz bevor es ihm die Luft nahm.

»Hoho, leck mich anne Socken, da sprudelt mir dat Arschwasser glatt bis zum Rücken!«, war das Letzte, was mein Onkel noch von sich gab, bevor er Richtung Dixi-Klo sprintete. Der Humor meiner Familie ist vielleicht etwas simpel gestrickt.

Auf der Baustelle können wir uns jedenfalls nicht mehr aufhalten, weswegen mein Vater und ich Richtung Transporter flüchten. Dort angekommen fragt er mich sehr direkt: »Ganz ehrlich, du hast eigentlich keinen Bock, hier mit deinem alten Sack von Vater rumzuhängen, oder? Das ist dir doch sicher viel zu dämlich alles.«

Aber das war nicht das Problem. Ich habe einfach keinen Bock auf körperliche Arbeit.[12] Ich mein ... schaut mich mal an! Trotzdem verbringe ich gern einen Tag mit dem alten Vater. Wenn ich eine Sache aus meiner Familie mitnehmen kann, dann ja wohl, dass der Bildungsabschluss nichts über den Wert eines Menschen auszusagen hat. Bloß weil mein Vater nur dann ein Buch zur Hand nimmt, wenn im Bad das Klopapier ausgegangen ist, heißt das nicht, dass er keinen Plan von der Welt hat. Sein Fokus liegt einfach woanders. Und bevor ich mich in einer studentischen Bla-

11 Als meine Familie den Text das erste Mal zu Gesicht bekam, kam als einer der ersten Kommentare: »Das Ding nennt man Truffel oder Maurerkelle, du Flachpfeife, wenn du dich schon über deine Familie lustig machen musst!«

12 Mutter sagt: *Handwerk ist auf keinen Fall was für Malte. Er braucht schon eine genaue Anleitung, um eine Glühbirne zu wechseln.*

se verkrieche und die Philosophie des Seins erörtere, ist es oft auch mal ganz sinnvoll, einen direkten Blick auf die Lebensrealität vieler Menschen zu werfen.

»Vatter, weißt du, wenn ich am Ende des Tages einfach gelernt habe, wie ich einen Tag mit deinem Bruder verbringe, ohne in Ohnmacht zu fallen, dann ist das schon okay. Und dafür lernst du dann demnächst von mir, wie man jemanden herumkommandieren kann, ohne dass der sich wie der letzte Vollidiot fühlt.«

»Das klingt doch nach nem Plan. Aber erst mal würd ich sagen: Für Stein und Stein und Stein ... haun wir uns ein Bierchen rein!«

»Gerne. Aber vielleicht machen wir das erst, wenn wir nicht mehr mit dem Transporter nach Hause fahren müssen.«

»Ach, die alte Möhre. Die kennt den Weg. Sach nur deiner Mutter nix davon!«

Zum Glück muss ich mir meinen alten Herren nicht in jeglicher Hinsicht zum Vorbild nehmen. Aber dieses Mal lassen wir einfach den Onkel fahren.[13]

13 Der Text hat tatsächlich zu einigen Konflikten in der Familie geführt und ich verstehe das auch. So sehr ich mir unterschiedliche Details auch einfach ausdenke und mit echten Erfahrungen vermische, wenn etwas aus der Ich-Perspektive geschrieben wird, lohnt es sich manchmal, darauf zu verweisen, dass es sich dabei nicht zu 100 % um selbstgemachte Erfahrungen der Autor*innen handelt.

Eine letzte Nachricht

Ich spaziere durch Hamburg, es ist Nacht, alles voller Lichter, und ich brauche eine Pause nach Bier, Bier und noch mehr Bier. Ich lehne mich an eine Hauswand, scrolle dort durch meine Kontaktliste. Ich bleibe bei deinem Namen hängen, zögere kurz, aber schreibe dir doch:

Hallo Köbi! Ich bin gerade auf der Reeperbahn unterwegs und suche die Kneipe, in der wir beim letzten Mal versackt sind. Schade, dass du nicht dabei bist, ich mein, wer soll mich denn jetzt auf die ganzen Runden Bier und Nougat-Wodka einladen? Außerdem könntest du mir sicher den richtigen Weg verraten. Wobei ... so sicher bin ich mir da doch nicht, wenn ich daran denke, wie du mit Papa eingehakt aus der Kneipe und Richtung U-Bahn zum Hotel getorkelt bist. Wer weiß, wie gut dein Orientierungssinn bei diesem Pegel noch funktioniert hat? Auf jeden Fall fehlt deine fachkundige Führung durch die Stadt. Ich hoffe, es geht dir gut.[14]

Senden. Ein Häkchen. Zwei Häkchen ... Aber keine Antwort.

....

14 Solche Situationen entstanden meist, wenn Vater und Onkel mich zu Auswärtsspielen von Borussia Mönchengladbach mitgeschleppt haben. Da mich die Spiele nicht im Ansatz interessiert haben, musste ich eben anderweitig das Beste aus diesen Ausflügen holen.

Ich sitze auf meiner Couch und schaue mir Trailer einiger Videospiele an. Dabei tippe ich auf meinem Handy rum, scrolle durch die Kontaktliste, sehe deinen Namen und muss dir unbedingt schreiben.

Köbi, hast du das neue Legend of Zelda schon gesehen? Ich weiß gar nicht mehr, ob das das erste Spiel war, vor das du mich damals gesetzt hast ... oder war es Monkey Island? Vielleicht Secret of Mana ... Ich hab ehrlich gesagt keine Ahnung. Und du in deinem Alter wirst mir da wahrscheinlich auch nichts Genaues mehr zu sagen können. Aber ich weiß noch genau, dass Zelda dir immer tierischen Spaß gemacht hat. Und ganz im Ernst? Ich hätte echt Bock darauf, mit dir auf der Couch zu sitzen und das Spiel anzugehen. So wie früher. Danach ziehe ich dich auch gerne in einer Runde Mario Kart ab, das Schicksal bringe ich schließlich über jeden in unserer Familie.

Senden. Ein Häkchen. Zwei Häkchen ... Wieder keine Antwort.

Ein Späti in Berlin. Ich finde diese eine Flasche Bier im Kühlregal, muss schmunzeln, nehme sie heraus und kaufe sie mir als erstes Getränk in einen langen Abend. Ich scrolle danach durch meine Kontaktliste, finde deinen Namen, zögere kurz, sende dir dann ein Foto der Flasche. Danach beginne ich, zu schreiben:

Hey Köbi, ich musste gerade an dich denken. Das war doch die Plörre, die du uns beim letzten Mal als Erstes angedreht und in höchsten Tönen angepriesen hast, oder? Nein, so schlimm ist das Zeug natürlich nicht. Wir latschen gerade durch Neukölln, da hattest du doch zuletzt noch ein paar gute Tipps, wo man hingehen könnte. Ich hab die leider nur alle vergessen. Darum laufen wir gerade etwas orientierungslos durch die Gegend. Du wärst hier sicher ne große Hilfe, aber ich versuche, das Ganze positiv zu sehen: Wenigstens schleppst du mich dann morgen nicht ins Stadion! Halt die Ohren steif und mach keinen Mist, alter Sack!

Senden. Ein Häkchen. Zwei Häkchen ... Keine Antwort.

Keine Antwort, da ich keine dieser Nachrichten geschrieben habe ... Weil ich weiß, dass du nicht reagierst.

Jedes Mal, wenn ich meine Kontaktliste durchscrolle, sehe ich deinen Namen, weil ich dich nicht einfach so daraus löschen kann. Ich sehe dein Anzeigebild und deinen Status: ein Gladbach-Wappen und so ein abgedroschener Spruch von wegen »Borussia, mein Verein«, worüber ich seit jeher den Kopf schüttele. Jedes Mal möchte ich dir schreiben, weil ich an dich denke, weil ich mich an etwas erinnere, und jedes Mal tue ich es nicht. Weil ich Angst habe, weil ich befürchte, dass das doch albern sei.

Ich würde dir gerne sagen, wie viele schöne Erinnerungen ich mit dir habe, wie gern ich mit dir diskutiert und getrunken habe, wie gut mir deine unfassbar schlechten Witze getan haben, wie gern ich mit dir verreist bin, wie viel du mir bedeutet hast. Sachen, die du wissen solltest, die ich dir aber nie gesagt habe, weil ich Angst davor hatte, dich in deinem Zustand zu sehen, und dich daher am Ende zu wenig gesehen habe. Aber jetzt kann ich dir das alles nicht mehr mitteilen, seit Mama mich anrief und mit ruhiger Stimme sagte, dass du nicht mehr bei uns bist.[15]

Und trotzdem bist du da. Denn jedes Mal, wenn ich durch meine Kontakte scrolle, sehe ich deinen Namen. Ich möchte dir schreiben, weiß aber, dass du nicht antworten wirst ... Aber vielleicht musst du das auch gar nicht. Vielleicht reicht der Gedanke, dass du irgendwo doch lesen kannst, was ich dir schreibe. Vielleicht kommt irgendetwas von meinen Worten bei dir an. Also nehme ich mein Handy ... und fange an, zu schreiben.

....

15 Mutter sagt: *Da spricht Malte mir aus der Seele!*

Derbyzeit

Als Kind wollte ich Fußballprofi werden. Einmal mit den großen Luis Figo oder Roberto Carlos spielen, das war mein Traum. Letztendlich bin ich sooo knapp an einer Profikarriere vorbeigerutscht. Ich war nämlich einfach scheiße. Den Satz »Letztes Tor entscheidet!« habe ich nie gehört. Mein Team und ich waren so schlecht, die Annahme, dass wir je ein Tor schießen würden, war absolut lächerlich. Ich hatte die spielerische Finesse eines David Odonkor bei der Geschwindigkeit eines Robert Huth. Für Fachfremde heißt das: Beides war nicht vorhanden.[16]

Doch für jeden Sporttreibenden gibt es diesen einen Tag. Der Tag, an dem einfach alles funktioniert. Der Tag, von dem man später den Enkelkindern erzählt. Das große Derby! Der übermächtige SV Straelen gegen uns, den SC Blau-Weiß Auwel Holt in der Bambini-Liga Niederrhein.

Bereits weit vor Anpfiff war die Stimmung am Ascheplatz aufgeheizt. Die Eltern der jeweiligen Teams standen ständig vor der Entscheidung, ob sie jetzt noch ein Bier wegziehen oder doch lieber den gegnerischen Trainer beleidigen sollten. Vor allem mein Vater war auf Hochtou-

16 Mutter sagt: *Wenn ich diesen Text lese, erinnere ich mich gerne zurück, weil so viel Wahres darin steckt. Hätte Malte so viel Talent beim Fußball gezeigt wie mit seinen Texten, wäre er schon Profi und Großverdiener.*

ren. Schon auf der Hinfahrt zum Platz konnte er es sich nicht verkneifen, den gegnerischen Topstürmer vom Dreirad zu treten. Unsere Karten standen also gut, und trotz unseres bisherigen Torverhältnisses von 0:87 aus vier Spielen keimte der erste Funke Hoffnung in mir auf. Bis zur fünften Spielminute, in der wir das erste Gegentor kassierten. Immerhin fünf weniger als sonst zu diesem Zeitpunkt.

Dem Straelener Stürmer wurde es sehr leicht gemacht, da unser Torwart beleidigt und mit Schmollmund an den Pfosten gelehnt stand. Wegen des Spiels konnte er die heutige Folge »Darkwing Duck« nicht sehen. Zwo, eins, Risiko, dachte er sich dann wohl und bewegte sich nicht von dieser Stelle. Erst ein beherztes »Johannes, die Omma tut dich dat doch aufnehmen!«, befreite den Jungen aus seiner Lethargie. Die Zeit für eine Aufholjagd war gekommen.

Die erste Position, die mir mein Trainer je zugeteilt hatte, war ein Platz im Mittelfeld. Das Problem war: Ich hatte keine Ahnung, was das bedeutete. Während alle in einer riesigen Traube dem Ball hinterhergerannt sind, habe ich also über die gesamte Spieldauer den Mittelkreis kein einziges Mal verlassen. Mein Trainer merkte erst dann, dass ich klare Ansagen brauchte, die ich befolgen konnte, und stellte mich in die Abwehr. Mein Auftrag: »Hol dir irgendwie den Ball und sobald du ihn hast, pöhl ihn einfach nach vorne!«

Das war die Geburtsstunde des Spielers, der am gesamten Niederrhein nur als El Leggings bekannt war. Wegen der Ascheplätze trug ich bei jedem Wetter eben jenes Kleidungsstück, um zu grätschen wie ein Berserker, ohne mir die Beine aufzuschürfen.[17] An mir kam niemand vorbei

17 Bis hier ist meine Fußballbiografie wirklich komplett dem echten Leben entnommen. Ausnahmsweise mal keine Übertreibungen und wer Fußballspiele von Kindern besucht, dürfte wissen, dass die beschriebenen Szenen allesamt genau niemanden am Spielfeldrand überraschen würden.

… außer die Spieler mit einem Funken Ballgefühl. Manchmal jedoch war ich der letzte Fels in der Brandung, ein Berg in den eigenen Reihen, die chinesische Mauer – und unsere Gegner verzweifelte Mongolen. So auch heute. Ich ergrätschte mir kurz vor der ersten Halbzeit den Ball und bolzte, was das Zeug hielt. Genau in eine Traube gegnerischer Spieler. Doch der Ball hüpfte an ihnen vorbei, da sie gerade damit beschäftigt waren, kleine Häufchen aus Asche zu bauen.[18] Unser Stürmer kam an das Spielgerät und rannte. »Ziiiieeeeeeh!«, schallte es vom Spielfeldrand aus der Kehle meines Vaters, wobei ein halb zerkautes Stück Currywurst heraus und ins Gesicht eines gegnerischen Spielers flog.

Dribbling vorbei an der Innenverteidigung, die sich komplett an den Haaren zog, da der Kapitän wohl Bisasam als schlechtes Starterpokémon bezeichnet hatte.

Also freie Bahn zum Torwart. Der Stürmer schoss Richtung Winkel. Der Torwart versuchte irgendwie, den Ball mit dem Fuß abzuwehren, um wohl die Hände als wichtigstes Körperteil des Keepers zu schützen, doch er traf ihn nicht und ZACK! Unser erster Treffer! Eltern rissen die ersten Bengalen an, Böller flogen auf die gegnerischen Trainer, der Bann war gebrochen. Halbzeit.

Da beide Trainerteams entweder dank der Böller an einem Hörsturz litten oder völlig von den Eltern abgefüllt wurden, waren wir auf uns allein gestellt. Unsere Gegner wollten das Spiel noch irgendwie drehen. Es kam zum ersten Spielerwechsel. Die gesamte erste Halbzeit hatte sich ihr Joker aufgewärmt und gedehnt. Er hat sich so intensiv gedehnt, er könnte glatt Däne sein. Für die Nummer 6 kam die Nummer 12. Das schien gefährlich zu werden, die 12 sollte logischerweise besser spielen als die 6.

18 Das war oft der spielerische Beitrag meiner Schwester, als sie auch bei den Bambinis mitspielte.

Ist schließlich zwei Mal so hoch, die Zahl. Wir änderten nichts an unserem Spiel. Wie auch? Wir kannten gerade mal die Hälfte der Regeln und unser Trainer lag besoffen unter der Ersatzbank und sang: »So ein Tag, so wunderschön wie heute!«

Also einfach weiter wie bisher. Anstoß! Unsere Gegner waren aufgewühlt und angefressen. Es grenzte an ein Wunder, dass wir überhaupt zu einem weiteren Torschuss kamen. Mein Vater hatte sich mittlerweile hinter dem gegnerischen Tor platziert, mitten hinein in die Traube der fremden Eltern. Beim Abstoß erklang ein lautes »Arschloch, Wichser, Hurensohn!«[19], woraufhin der Torwart sich umdrehte und seine Mutter fragte, was die Wörter alle bedeuteten. Unangenehme Diskussion für die Mutter, die eigentlich noch nicht geplant hatte, das Aufklärungsgespräch zu diesem Zeitpunkt zu führen.

Der Ball landete währenddessen bei der neu eingewechselten Nummer 12, welcher die Chance sah, das Spiel zu entscheiden. Mit einer technischen Finesse, die die Frage aufkommen ließ, wieso er nicht schon zu Beginn gespielt hatte, stürmte er auf das Tor zu, dribbelte an allen anderen Spielern vorbei, ein herrliches Solo wie ›86 von Diego Maradona, zog an und haute die Kugel in den Winkel des eigenen Tores, wo die gegnerische Nummer 1 gerade den Vorgang der Befruchtung der Eizelle lernte. Die Nummer 12 spielte nicht von Beginn an, weil er anscheinend farbenblind war. Aber das war allen egal. Mein Vater stürmte den Platz, ließ diesen armen Jungen hochleben. Der Schiri pfiff das Spiel ab, wir hatten tatsächlich unser erstes und einziges Spiel gewonnen. Dieser Tag ging in

19 Meine Mutter hat sich eher damit zufriedengegeben, entweder den Schiedsrichter oder den gegnerischen Trainer zu provozieren oder zu beleidigen. Ich meine, dass ein Trainer sogar mal gefordert hat, sie des Platzes zu verweisen, aber das hat sich dann doch niemand getraut.

die Geschichte des SC Blau-Weiß Auwel-Holt ein. Wir alle bekamen unseren Siegerschnaps (das ist am Niederrhein halt so) und trugen uns ins goldene Buch des Vereins ein.

Egal, wie schlecht man auch sein mag, egal, wie viel besser die anderen sind: Wenn man das macht, was man liebt und an dem man Spaß hat, wird irgendwann ein Tag kommen, den man nie vergessen wird.

Nicht ganz so geheim!

Als ich die tapsigen Schritte auf dem Boden hören konnte, war es auch schon zu spät. Mein kleiner, fünfjähriger Neffe sprang mir mit Schwung auf den Rücken, klammerte sich mit aller Kraft an meinen Hals und hing dort. »Jetzt hab ich dich, du Schuft!«, brüllt der Kleine ohne Unterlass, mittlerweile schon seit zwei Stunden.

Ich bewundere diesen Einsatz, ich an seiner Stelle hätte spätestens beim Toilettengang oder der Dusche losgelassen.

»Kannst du mir mal erklären, was das soll?«, frage ich, während ich mir mein T-Shirt wieder überziehe, das deutlich enger wird, wenn ein kleines Kind mit drinsteckt.

»Ich bin ein Geheimagent mit der Lizenz zum Töten!«

Ich mag Kinder. Die sind wie Menschen, nur klein und dumm. Gefährlich wird es erst, wenn die kleinen Scheißer sich für richtig schlau halten. Bei meinem Neffen war der Auslöser ein kleines Rätsel, vor das ich ihn einige Tage zuvor stellte: »Was hat morgens vier Beine, mittags zwei und abends liegt es in einer Box?«

Der Kleine war richtig empört: »Das ist der Mensch! Aber das Rätsel geht anders! Abends läuft er auf drei Beinen, wegen des Gehstocks!«

Eigentlich wollte ich ihm so schonend beibringen, dass mir sein Häschen unter den Rasenmäher gelaufen war. Ein

Hasenmäher, sozusagen. Herrn Knödels eine Hälfte habe ich unter seinem Lieblingsbaum in einem Schuhkarton vergraben, die andere Hälfte sieht man noch immer auf meiner Hose. Das konnte ich meinem Neffen dann aber doch nicht mehr sagen, weil ich es nicht übers Herz gebracht hatte, ihn mit dieser Wahrheit zu konfrontieren. Seitdem hält er sich für einen kleinen Albert Einstein und in der Lage dazu, der größte Agent aller Zeiten zu sein. Dass er nicht die hellste Kerze auf der Torte ist, wird allerdings recht schnell offensichtlich. Er nennt sein Häschen Herr Knödel und brüllt durch die gesamte Wohnung, dass er ein Geheimagent ist. Soweit ich das verstehe, zeichnet einen Geheimagenten aus, dass er eben genau das nicht verrät.

»Okay, kleiner Mann. Aber wieso hängst du dann auf meinem Rücken und massierst mich?«

»Ich muss nur die richtige Stelle finden, dann fällst du ihn Ohnmacht. Das habe ich in einem von Papas Filmen gesehen!«

Ich muss also mal ein erstes Wörtchen mit meinem Bruder reden, dass er seine DVD-Sammlung etwas besser unter Verschluss hält. Auf der anderen Seite bin ich froh, dass er sich diese Art von Filmen zum Vorbild genommen hat und nicht nackt durch die Wohnung rennt und dabei mit tiefer Stimme stöhnt … auch wenn ich die Vorstellung wirklich witzig finde.[20] Vielleicht sollte ich dem Kleinen einfach mal erzählen, wo er noch nach Filmen suchen könnte. Das Schöne an meinem Neffen ist nämlich, dass ich ihn nicht behalten muss und mein Bruder sich mit dem ganzen Kram rumschlagen darf, den ich angerichtet habe. Er ist die perfekte Möglichkeit, mich für alles zu rächen, was sein Vater mir damals so eingebrockt hat. »Ver-

20 Pornographie auf DVD, hihi, als ob das heutzutage noch irgendwer haben würde.

giss nicht, die Packung Mentos zu futtern, bevor du Cola trinkst! Natürlich mag Papa selbstgemalte Bilder auf der Tapete! Reib dir bitte nach der Toilette das Gesicht mit Nutella ein, das ist gut für die Haut! Kennst du eigentlich das Penisspiel?«

Mittlerweile bin ich dazu übergegangen, Frühstück zu machen. Beim Hineinbeugen in den Kühlschrank vernehme ich ein dumpfes Geräusch. Der Geheimagent hängt noch immer auf meinem Rücken und hat sich den Kopf gestoßen, ist aber so vertieft in die Suche nach meinem Nervenknoten, dass er nur ein kurzes Schnaufen von sich gibt. Erst beim Einschenken des Orangensafts hört die Massage auf und wird von einem krampfhaften Griff und leisem Kichern abgelöst. Der O-Saft schmeckt recht komisch und mein Neffe beginnt, heftig zu giggeln. »Gleich hab ich dich! Dann ist mein Auftrag erledigt und du fällst um!«

Mir wird schnell klar, dass er Zinktabletten mit Zyankali verwechselt hat. Süß, dass er sich um meinen Mineralhaushalt kümmert. Weniger süß, dass er mich anscheinend umbringen wollte. Und wer zum Geier hat ihm diesen Auftrag gegeben? Mein Bruder, weil ich seinem Sohn erklärt habe, dass man Geldscheine zwei Mal benutzen kann, wenn man sie in der Hälfte durchschneidet? Das würde zumindest Sinn ergeben, meine Reaktion wäre die gleiche.

Der Kleine ist mittlerweile richtig enttäuscht, dass ich nicht umfalle. Ich bin enttäuscht, dass er enttäuscht ist. Also setze ich ihn endlich auf den Küchenboden, von wo aus er mich mit großen, von Tränen ganz glasigen Augen anschaut. »Wieso klappt das nicht? Ich habe doch einen Auftrag!«

Ich sagte ja bereits, mein Neffe ist nicht der Hellste. Aber ich weiß auch noch, wie ich damals meine besten Freunde verprügelt habe, weil ich ein starker Power Ranger war und sie halt die bösen, riesigen Monster. Hässliche Monster. Ob sie wollten oder nicht. Wie ich ihnen ins Gesicht gespuckt habe und dabei »Aquaknarre« rief. Wie ich ihnen als Super Mario auf den Kopf gesprungen bin. Wie ich sie pausenlos gewürgt habe, weil meine dunkle Seite der Macht doch nicht so effektiv war wie bei Darth Vader. Ich wollte auch niemanden umbringen. Ich wollte nicht mal irgendwen ärgern. Ich wollte einfach nur spielen. Ich war halt ein Kind. Wie ein Mensch. Nur in klein und dumm.

Ich greife also nach der Sonnenbrille, die auf einem Küchenschrank liegt, und hocke mich neben meinen Neffen, um ihm die Ansprache zu geben, die er gerade braucht: »Agent 5! Mich auszuschalten war ihr großer Test! Sie haben sich als würdig erwiesen. Nun habe ich einen Auftrag für Sie! Die nötigen Informationen dazu vernichten sich allerdings in 30 Sekunden von selbst. Machen sie sich sofort auf den Weg! Sie finden sie an Herrn Knödels Lieblingsbaum!« Und wenn er sein halbiertes Häschen findet, wird er einfach denken, dass er zu lange gebraucht hat. Ha! Irgendwie musste ich ihm das ja noch beibringen.[21]

21 Mutter sagt: *Malte hat wirklich schon bei den Kindern seines Cousins den Babysitter gemacht und da ist es zu keinen großen Katastrophen gekommen. Die Kinder haben auch keine nachhaltigen Schäden gezeigt.* (Sie hat ja auch nicht mitbekommen, wie ich dem Jungen so viel Cola zu trinken gegeben habe, dass er fontänenartig durch das Wohnzimmer brechen musste.)

Heldengeschichten

Meine Schwester und ich, wir spielten oft miteinander. Draußen auf dem Hof, drinnen an der Konsole, meist immer dann, wenn wir uns nicht gerade prügelten. Denn auch darin waren wir gut. Beißen, schlagen, Haare ausreißen, ohne Gewissen in Bäuche treten oder den neuen Fahrradhelm mit einem Holzbrett voller Nägel erproben ... während sie den Helm auf dem Kopf trug.[22]

Was Geschwister halt so machen. Den einen Tag bekämpft man sich bis aufs Blut, kurze Zeit später ist alles wieder gut und man spielt, als wäre nie etwas gewesen. Man nahm sich seine großen Helden zum Vorbild und imitierte Waffen mit Schaufeln, Besen oder anderen Sachen. So sprang ich als Mario gegen Ziegelsteinblöcke, rannte als Sonic weiter um die Welle, meiner zuvor zugezogenen Gehirnerschütterung trotzend. Ich warf Tomaten auf Katzen, um ein Mauzi zu fangen, wollte als Son Goku mit den ganz großen Gegnern rangeln ... zumindest so lange, bis die Jungs aus der zehnten Klasse mir hinterherrannten, um mir die Fresse zu polieren. Als blauer Power Ranger besiegte ich große Monster, indem ich Kühe umschubs-

22 Das hält sie mir auch heute noch vor. Als ob ich nicht wüsste, dass ich vorher wohl die Nägel hätte aus dem Brett ziehen sollen. Ist ja gut!

te, erdachte mir unzählige Szenarien, weil ich immer etwas Neues wusste, was ich so nachspielen konnte. Meine Schwester war dabei stets an meiner Seite – als Prinzessin Toadstool im rosa Kleid oder als pinker Ranger, weil es nicht viel mehr Frauen für solche Spielereien gab.

Da war es egal, ob sie überhaupt gerettet werden wollte oder den grünen Ranger cooler fand. Die meisten Abenteuer überstand man eben als Junge. Das war uns aus fast jedem Spiel und jedem Film so bekannt, wieso sollte es also hier anders sein? Wenn meine Schwester mal der Held sein wollte, sagte ich einfach »Nein« und sie stand dann da. Hat entweder geweint, sich der Ansage gebeugt oder ist weggerannt. Wenn ich so darüber nachdenke, hat sie mich völlig zurecht ein Arschloch genannt.

Aber so war die Welt eben gezeichnet. Die großen Taten wurden von Männern vollbracht, Frauen waren meist Beiwerk, mussten gerettet werden, haben das Essen gemacht. Eine Samus Aran hat man erst erkannt, wenn das Spiel beendet war, und je schneller das ging, desto weniger hatte sie am Ende an. Hui. Lara Croft sollte vor allem von Spiel zu Spiel realistischere Brüste bekommen. Horrorfilme stellen Frauen an erster Stelle in die Hauptrolle, weil sie als besonders schwach gelten und das Szenario dadurch umso bedrohlicher. Was hätten wir als Kinder also machen sollen? Wir waren ständig konfrontiert mit festgefahrenen Rollen und haben kaum etwas anderes kennengelernt. Wer nicht männlich, weiß und hetero war, hatte so seine Probleme, passende Identifikationsfiguren zu finden.

Das war früher. Mittlerweile hat sich die Welt nicht wirklich gebessert, machen wir uns nix vor. Viele Gruppen der Gesellschaft warten noch immer darauf, vernünftig in den Medien der aktuellen Zeit repräsentiert zu werden. Und wenn es dann doch mal passiert, ist diese Repräsentation das einzige, wofür das Werk in Zukunft stehen soll.

»Hey, schaut mal, wie viel afrikanische Kultur wir hier in ›Black Panther‹ unterbringen! Und wenn wir nur das vermarkten, ist es eh egal, dass der Film ansonsten wirklich mittelmäßig ist.«[23] Aber dass das weibliche Geschlecht etwas mehr gute Repräsentantinnen gebrauchen könnte, ist zumindest einigen hellen Köpfchen aufgefallen.

Claire Redfield, Jill Valentine, Mass Effect Teil 1, 2, 3,
Infamous: First Light, Telltales Walking Dead
Bayonetta, Child of Light, Dixie Kong, Dead or Alive,
Freedom Planet, Undertale, Eternal Darkness
Mirror's Edge, Portal, Life is Strange: Before The Storm,
Uncharted Lost Legacy und Horizon: Zero Dawn

Wir legen nun ein Feuer! Verbrennen alte Rollen, gehen in die Vollen! Wir legen nun ein Feuer! Aus verbrannten Resten holen wir die Besten!

Wonder Woman, She-Ra, Scarlet Witch, Zatanna, Captain Marvel, Valkyrie, Wasp und Spider Gwen,
Sailor Moon, Gamora, Squirrel Girl, Elektra, Oracle und Supergirl, She-Hulk, Harley Quinn
Powerpuff Girls, Starlight, Batwoman und Kitty Pryde, Dagger und auch Domino, außerdem Jessica Jones

Wir legen nun ein Feuer! Verbrennen alte Rollen, gehen in die Vollen! Wir legen nun ein Feuer! Aus verbrannten Resten holen wir die Besten![24]

23 Das ärgert mich noch immer enorm. »Black Panther« ist so eine tolle Figur, Wakanda einfach nur großartig und dann ist die zweite Hälfte des Films einfach so … bla. Allein, wenn ich schon an diese CGI-Nashörner denke, dreh ich durch.

24 Wenn ihr diese Aufzählung lest, tut ihr das am besten mit der Melodie zu »We didn't start the fire« im Kopf, sonst ergibt meine superkreative Idee so gar keinen Sinn.

Also erzählt diese Geschichten! Damit die kleinen Frauen der Zukunft spielerisch diese Rollen ausprobieren können und sich vielleicht auch der ein oder andere Junge überlegt, sich lieber als Katness Aberdeen anstatt als Rambo zu verkleiden.

Heimatgefühle

Die Reaktion auf die Frage nach einer Heimatstadt ist fast immer die gleiche. In der Regel folgt auf ein »Aus Köln/ Hamburg/Berlin« immer ein »Ach, cool. Wie ist es da so?«

Wenn ich allerdings »Aus Duisburg.« sage, ist die Reaktion in der Regel immer »Oh ...« und das Gespräch ist beendet. »Weißt du, Lokalpatriotismus ist mir ein bisschen suspekt. Ich verstehe nicht so ganz, wieso Menschen, die riesigen Wert darauf legen, dass es egal ist, aus welchem Land jemand kommt, plötzlich völlig durchdrehen, wenn eine Schwaben-WG im Haus nebenan einzieht.[25] Ich verstehe nicht, wieso man die eigene Heimatstadt über den Klee lobt und alles um sich herum schlechtredet. Keine Stadt ist ausnahmslos besser als alle anderen, wenn man sie nicht gerade mit Wolfsburg oder Leverkusen vergleicht.

Überall findet man seine Orte, die eine Stadt lebenswert machen. Wer gerät nicht ins Schwärmen, wenn er diesen grün leuchtenden, riesigen Schornstein am Horizont sieht? Wer staunt nicht Bauklötze, wenn er diese Achterbahn sieht, die man entlanglaufen kann? Und wer stupst nicht

....

25 Ja, der Dialekt ist grauenhaft und dort kommen übertrieben viele naturverbundene oder religiöse Esoteriker*innen her, aber ihr seht den Punkt doch trotzdem.

seinen Nachbarn vor Aufregung an und sagt ›Guck mal‹, wenn man auf der Hafenrundfahrt die Schrottinsel passiert? Ja, auch Duisburg hat seine schönen Ecken. Und in jeder Stadt gibt es Orte, die man am besten nicht betritt, wie zum Beispiel Duisburg-Ungelsheim oder einen Tunnel zur Love Parade.[26] Es ist also völlig absurd, Berlin als die bessere oder coolere Stadt zu bezeichnen, nur weil dort unter der Woche ab 0 Uhr auch noch der öffentliche Nahverkehr funktioniert. Wir haben dafür die 903, in der schon um 8 Uhr in der Früh die Menschen einen Kasten Billigbier um die Wette exen.«

Meine Freundin blickt vom Laptop auf. Seit zwei Stunden sucht sie nach neuen Wohnungen in einer anderen Stadt.

»Erzähl das mal meinen Freunden und der Familie! Seit ich zu dir gezogen bin, muss ich allen erklären, wieso ich jetzt ausgerechnet im Ruhrgebiet lebe. Und so langsam gehen mir auch die Argumente aus. Niemand kommt mich besuchen, weil sie davon ausgehen, dass es hier einfach nur schmutzig und trostlos ist. Eine Pommesbude wird nicht allein dadurch gut, dass Horst Schimanski sich da mal ne Currywurst zwischen die Kiemen gejagt hat. Und Malte, bis auf Kneipentouren und Schlagerpartys muss man das Freizeitangebot wirklich mit der Lupe suchen. Das einzig Gute an Duisburg ist doch, dass man gut aus Duisburg wechkommt.«

»Oooh, du hast ›wech‹ gesagt!«, versuche ich, die Stimmung aufzuheitern ... erfolglos.

»Jetzt fang bitte nicht damit an. Deine geliebte Ruhrpottschnauze ist einfach nur laut. Jede Nacht werde ich wach, weil unsere Nachbarn wieder besoffen die komplette Diskographie von Wolfgang Petry mitgrölen.«

26 Kleiner Seitenhieb an die Entscheidungsträger damals, die nicht auf die unzähligen Stimmen gehört haben, welche eindrücklich vor der sich anbahnenden Katastrophe gewarnt haben.

»WOLLE Petry ...«, murmle ich geknickt.[27]

»Ich werde sofort als Zugezogene erkannt, weil ich nicht ab und an in Jogginghose die Wohnung verlasse. Selbst die anderen Studierenden an der Uni pendeln jeden Tag aus der Stadt weg, weil sie hier nicht leben wollen. Glaub mir, ich würde das alles hier wirklich gerne mögen, aber wenn ich mir die deprimierenden Gestalten in der Eckkneipe, die Menschen in den Ämtern oder generell jede Person auf der Straße so anschaue, wirkt es einfach, als würden sie sich selbst nicht wohlfühlen hier. Es wird nur gemeckert und gemotzt und selbst wenn sich hier jemand freut, will er deswegen gleich die Wand anscheißen. Also bitte ... was soll ich da noch sagen?«

Natürlich wusste ich, dass sie Recht hatte – wie immer eigentlich. Aber eben auch nicht ganz.

»Sieh es mal so: Lokalpatriotismus im Ruhrpott funktioniert einfach ein bisschen anders. Die Zuneigung zu unserem Wohnort äußert sich vor allem darin, dass wir sehr genau wissen, was hier wirklich beschissen ist. Und diese Einzelheiten sind dann auch das, was wir allem voranstellen. Wir leben hier nicht nur, wir halten es aus! Uns ist bewusst, dass wir hier nur König Pilsener trinken, weil es in den Kneipen nix anderes gibt. Wir wissen, dass es hier neben Multikulti auch massenhaft Dumpfdeutsche gibt, die ihr Heil in der AfD suchen. Und es ist allen bewusst, dass wir vor allem hier leben, weil die Mieten so verdammt niedrig sind und ich meine große Pommes Spezial noch immer für 2,90 € bekomme. Aber trotzdem erzähle ich breit grinsend, dass Duisburg mehr Brücken hat als Venedig oder dass die Redewendung ›weg vom Fenster‹ von den Menschen unter Tage kommt, die mit Staublunge am

27 Das kam tatsächlich häufiger vor und ich habe mich da immer wieder ein kleines bisschen drüber gefreut. Wolle hat es einfach drauf!

offenen Fenster standen und nach ihrem Ableben eben nicht mehr.

Ich habe bisher jeden Menschen glücklich gemacht, wenn ich ihm ein Bierchen am Rheinufer oder im bunten Licht der alten Hochöfen im Landschaftspark gereicht habe.«

Ich berichte freudestrahlend von unvergleichlichen Spielen, die der MSV Duisburg abgeliefert hat, weil es so wenige waren, dass sich jedes davon fest in mein Gedächtnis gebrannt hat. Oder die Geschichte vom Belugawal, der sich von einem britischen Schiff befreit hat, nur um dann im dreckigen Rhein der 60er Jahre in Duisburg zu landen. Ich mein, stell dir mal vor, du entkommst gerade so einem Leben in Gefangenschaft und landest dann hier! Was ne arme Sau. Jede einzelne Stadt erzählt ihre eigenen, wunderbaren Geschichten. Es ist völliger Quatsch, die gegeneinander aufzuwiegen. Die aus dem Ruhrgebiet gefallen mir einfach am besten. Gerade weil hier so vieles im Argen liegt, habe ich außerdem das aufrichtige Gefühl, aktiv an diesen Geschichten mitzuschreiben. Darum heißt es nicht umsonst: »Berlin kann jeder.«

»Aber Duisburg … muss man wollen!« ergänzt meine Freundin.[28]

28 Den Eltern der Partnerin habe ich im Übrigen auch genau diese kleine Stadtführung gegeben und sie waren hellauf begeistert, wie schön es hier doch ist. Just sayin'.

ALTE MENSCHEN SIND ÜBERALL, MECKERN, MOTZEN, STOSSEN CO^2 AUS UND VERLANGEN EINEN SITZPLATZ IN EINER BAHN, OHNE AUCH NUR EINE SEKUNDE MÜHE DARIN ZU INVESTIEREN, HÖFLICH ZU FRAGEN, ALSO WIE SOLL ICH DA BITTE ENTSPANNT BLEIBEN?

Wenn alte Menschen in eine volle Bahn steigen, vorwurfsvoll in die Runde blicken und entnervt schnauben, frage ich gern »Entschuldigung, brauchen Sie einen Sitzplatz?«, warte auf das kleine, hoffnungsvolle Funkeln in ihren Augen, während sie die ersten tapsigen Schritte in meine Richtung machen, und sage dann »Kann ich mir vorstellen, so voll, wie das ist«, drehe mich weg und bleibe natürlich sitzen. Ich frage mich, wann bei einem Menschen der Zeitpunkt kommt, an dem er sich denkt: »So, ab heute bin ich alt und garstig!« und alle Regeln von freundlichem Miteinander vergisst.

Natürlich könnte ich jetzt auch einen älteren Menschen zu Wort kommen lassen, der uns erklärt, dass das mit vielen Faktoren zusammenhängt. Dass es ihnen im Alter bewusster wird, wie zerbrechlich der eigene Körper ist, dass das Leben sich dem Ende zuneigt, dass immer mehr Tage mit großen Schmerzen verbunden sind. Aber das ist doch keine Entschuldigung für Opas rassistische Ausfälle beim letzten Weihnachtsessen. Die Welt entwickelt sich in rasantem Tempo weiter und die Perspektiven, die vor 60 Jahren zwar genauso problematisch, aber weitaus normaler waren, haben heute einfach keinen Platz mehr. Dafür wird ihnen allerdings enorm viel Raum geboten. Müssen wir ja ernst nehmen, diese Perspektiven. Das sehe ich allerdings ziemlich anders und deswegen kriegen die alten Menschen hier auch das kürzeste aller Kapitel.

Darf ich dich ins Becken stoßen?

»NEIN!«, brüllte ich und biss ihr ins Gesicht, drehte mich auf der Stelle um und rannte davon. Dieses Date war offiziell beendet.

Dabei liebe ich Schwimmen. Ich bin eine richtige Wasserratte. Bin wie der Liquidator gegen Darkwing Duck, wie Katara aus »Avatar«, wie Arielle und Fabius in einer Person, wie Kevin Costner in »Waterworld«, aber in gut, wie Aquaman und in genauso uncool, wie Ecco the Dolphin oder Flipper für die Älteren![29] Ich bin eins mit dem Wasser. Ich bin vom Sternzeichen Fische! Ich habe nur ein Problem: Ich hasse Schwimmbäder!

Das liegt vor allem an zwei Arten von Menschen: Kindern und Rentnern. Kinder im Schwimmbad sind laut, stehen ständig im Weg und machen ins Becken. Alte Menschen im Schwimmbad sind laut, stehen ständig im Weg und machen ins Becken. Der letzte Punkt versteht sich

29 An dieser Stelle imitiere ich auch gerne das Geräusch eines Delfins, daher hier ein Tutorial, damit ihr das auch nachmachen könnt: Zuerst müsst ihr die Zunge rollen. Seid ihr genetisch nicht dazu in der Lage, hört es hier schon auf. Ansonsten rollt ihr die Zunge gegen die oberen Backenzähne, so dass sie wie eine Calzone gefaltet ist und zieht dann Luft zwischen Zunge und Zähnen hindurch. Im Optimalfall entsteht so dann ein klackerndes Geräusch, wie es auch Delfine machen. Also ungefähr zumindest.

natürlich von selbst. Im Laufe unseres Lebens haben wir sicherlich alle mal ins Wasser gemacht. Nur möchte ich nicht beim Betreten des Schwimmbades schon durch das Chlor riechen, dass gerade Spargelsaison ist. Die anderen Punkte erläutere ich gern!

Der größte Fehler war wohl die Uhrzeit, zu der meine Begleitung mit mir ins Schwimmbad gehen wollte. Alles vor oder nach 13 Uhr führt dazu, dass das komplette Becken überlaufen ist von alten Menschen. Nur zur Mittagszeit hat man hier seine Ruhe, wenn im Seniorenheim Mittagessen und ein kleines Nickerchen ansteht oder eine Wiederholung vom »Glücksrad« läuft.[30] Zwei Stunden später, wie wir es gemacht haben, und ich springe lieber mit aufgeschürften Knien in eine Bucht voller Haifische als in das Becken dieses Schwimmbades. Aber vielleicht haben wir heute mal Glück, dachte ich mir, als ich von einem lauten Aufschrei aus meinen Gedanken gerissen wurde. Alte Menschen sind laut. Und zwar immer dann, wenn sie das Wasser betreten. Aus sicherer Entfernung konnten wir dieses Ritual betrachten, das eine Ilse (gefühlt heißt doch jede alte Frau Ilse) durchführte. Kennt ihr Grönlandhaie? Die sind mit über 500 Jahren die ältesten Tiere der Welt, kommen mit 150 in die Pubertät. Ilse war älter. Sie machte ein paar Schritte ins Wasser, merkte, dass es kalt wurde, Aufschrei. Zwei Schritte weiter. Aufschrei. Wasser mit den Händen auf dem Körper verteilen. Ein paar Schritte weiter, mit den Armen im Wasser rudern. Wieder ein paar Schritte, in die Hocke gehen, Aufschrei. Ilse warnte ihre Granny Friends, dass das Wasser wirklich kalt sei. Ach wirklich?!

»Was solls, wer benutzt im Becken schon die Treppe?«, dachten wir uns und sprangen ins Wasser, unbedacht, un-

....

30 Hier kommt eventuell ein kleines Trauma zum Vorschein, da meine Oma wirklich JEDE Folge »Glücksrad« gesehen hat. Und »Geh aufs Ganze« mit dem Zonk!

wissend, dass dies für mich wohl der größte Fehler des heutigen Tages werden würde.

Ich mag es, einfach Bahnen zu ziehen, Streckenabschnitte zu tauchen, Schwimmstile zu wechseln. Nur ist das in so einem Schwimmbad kaum möglich. Alte Menschen schwimmen mit einer Platzhirschmentalität und mit dem Tempo einer verwesenden Wasserleiche, die schon an die Oberfläche getrieben ist, durch das Becken.[31] Wird da mal Platz gemacht? Natürlich nicht. Für den normalen Schwimmbadbesucher wird die Bahn also zu einem reinen Hindernisparcours. Und wehe, ihr schwimmt zu nahe an den alten Menschen vorbei! Kennt ihr das Gefühl, wenn ihr in kaltes Spülwasser greift, um den Stöpsel zu ziehen, und plötzlich flutschen nasse, kalte Essensreste an euren Fingern vorbei?

Dank jahrelanger Erfahrung bin ich mittlerweile sehr gut darin, mich durch diesen Dschungel aus Hautfalten zu schlängeln. Wie Ethan Hunt in »Mission: Impossible« den Laserstrahlen, so weiche ich in der Regel Heinz und Inge aus (weil gefühlt alle alten Menschen Heinz und Inge heißen). In Begleitung war ich nur etwas zu unaufmerksam und bemerkte nicht, wie plötzlich eine alte Frau vor mir mitten auf der Bahn stehen blieb und sie blockierte. Alte Menschen sind ständig im Weg. Ich blickte schockiert nach vorne, als ich eine krächzende Stimme laut sagen hörte: »Weißt du, Lisbeth (natürlich heißt sie Lisbeth, wie gefühlt alle alten Frauen), mit dieser neuen Salbe spüre ich fast gar nichts mehr von meinem Fußpilz!«, setzte zu einem Tauchmanöver an, um in letzter Sekunde unter der alten Dame hinwegzutauchen. Doch es war zu spät. Meine linke Hand berührte eine von Lisbeths Hautfalten, die

31 Besonders spannend wird es, wenn diese alten Menschen auch noch um jeden Preis verhindern, dass weder Dauerwelle noch Make-up vom Wasser ruiniert werden, und sie eine Parfumwelle hinter sich herziehen, die man im Chlorbecken nie für möglich gehalten hätte.

sich zu ihrer Freundin bewegt hatte, natürlich einmal quer über alle Bahnen ohne Rücksicht auf Verluste. »Es gibt Regeln, Lisbeth, ES GIBT REGELN!«, dachte ich noch, doch die alte Haut hatte sich schon komplett um meine Hand gewickelt.

Ich geriet in Panik. Hunderte von Luftblasen stiegen durch meine Hilfeschreie nach oben. Ich war mir sicher, ein »Hach, Lisbeth, gab es gestern Kohl bei euch?« von der Wasseroberfläche zu vernehmen. Ich zog und zerrte, doch alte Haut ist wie Treibsand. Je mehr ich mich bewegte, desto mehr Lappen schlangen sich um meine Hand und den Arm. Glücklicherweise bemerkte meine Begleitung, die ein paar Meter hinter mir schwamm, mein Dilemma und half mir, mich aus dem Wasser zu ziehen. Hustend und um Luft ringend erklärte ich ihr, was geschehen war. Sie schien mich nicht ernst zu nehmen, ich biss ihr ins Gesicht, rannte weg, Date beendet.

Ein paar Tage später bekam ich eine Nachricht von ihr. Wir entschuldigten uns beieinander und sie wollte ein neues Treffen, dieses Mal ohne Wasser, versprach sie. Sie schrieb: »Wie wäre es mit Bingo?«... und hat danach nie wieder etwas von mir gehört.

Richtiger Umgang mit dummen Menschen

Als arbeitstätige Menschen oder Studierende kennen Sie das sicher auch: Immer wieder stehen Seminare und Fortbildungen an, die völlig sinnlos erscheinen. Ich bin Pädagoge, ich kenne das selbst sehr gut. In meinem Regal stehen dementsprechend Zertifikate zu Themen wie »Ich hasse Kinder: Ist Erzieher der richtige Beruf für mich?« oder auch »Schwimmunterricht – Wie schaffe ich es, dass niemand stirbt?«

Aber, sehr geehrte Lesende, das wird heute nicht passieren, heute haben Sie Glück! Ich heiße Sie nämlich herzlich willkommen in diesem einführenden Kurzseminar zum Thema »Richtiger Umgang mit dummen Menschen«! Anhand eines einfachen Beispiels aus dem Alltag möchte ich Ihnen heute vermitteln, wie Sie eine Konfrontation mit einem dummen Menschen souverän und zum Wohle aller anwesenden Mitmenschen handhaben können. Natürlich ist dies nur als erste Grundlage zu verstehen, die Dummheit der Menschen ist grenzenlos und für eine vollständige Wappnung gegen alle Widrigkeiten des Alltags kann ich Ihnen nur empfehlen, für einen geringen Aufpreis von 4.500 € pro Veranstaltung auch meine anderen Seminare zu besuchen, wie zum Beispiel »Richtiger Umgang mit dummen Menschen 2« oder »Ups, ich habe scheiß viel Geld für diese Seminare bezahlt, wie dumm bin ich eigentlich selber?«.[32]

Doch zurück zum eigentlichen Thema, Situation heute: eine Fahrt mit der Straßenbahn. Stellen Sie sich Folgendes vor: Sie sitzen gemütlich in der Straßenbahn, wollen nur Ihre Ruhe haben und auf den Sitzen vor Ihnen geschieht eine Ihnen sicher nicht unbekannte Situation: Eine junge Dame telefoniert lautstark und das in einer Sprache, die offensichtlich nicht die deutsche ist. Dieser Person schräg gegenüber sitzt eine ... nennen wir sie mal »Rentnerin«, welche das Geschehen lautstark kommentiert.

»Nä, nä, nä, da gibbet ja nich. Sowat hätt et früher nich jejeben. Da hat man hier noch Deutsch gesprochen. Piss mich innen Arsch! Nich so Buschblabla. Und das alles von meinen Steuern!«

Sobald Sie diese Aussagen hören, muss Ihnen bewusst sein, dass Sie leider keine unbeteiligte Person mehr sind. Da Sie aber in diesem Seminar sitzen, wollen Sie augenscheinlich sowieso in Aktion und damit der Dummheit im richtigen Maße entgegentreten. Hier also einige Handlungsalternativen für eine sichere Lösung der Situation.

Alternative 1: Sie treten der alten Dame ins Gesicht. Schnell, effektiv, sie hat eh schon lang genug gelebt, außerdem tun Sie so etwas gegen den demografischen Wandel, der eines der größten, wenn nicht sogar DAS größte Problem unserer aktuellen Gesellschaft ist. Sehr gut! Ich empfehle Ihnen hierfür übrigens auch mein Seminar »Treffsicher mit Hand und Fuß, selbst bei Zielen mit Parkinson« inklusive der kostenlosen Anschlussveranstaltung

32 Ich vermute mittlerweile, dass ich allein mit diesen Seminaren schon ausgesorgt hätte, wenn es sie tatsächlich gäbe. Also bucht mich gerne, ich mach euch auch fairere Preise.

»Wie erkläre ich vor Gericht meine Gewaltausbrüche, ohne dafür belangt zu werden?«.

Alternative 2: Da der Person anscheinend die deutsche Sprache sehr wichtig zu sein scheint, schlagen Sie sie mit ihren eigenen Waffen und nutzen hochgestochene, verklausulierte Fachtermini, um die zu unterbrechenden Personen aus dem Konzept zu bringen und sie zu beleidigen, ohne dass dies bemerkt wird. Ein Beispiel: »Ihre Zellen scheinen bereits sehr geübt in der Zytokinese zu sein. Das scheint leider dazu geführt zu haben, dass viele von ihnen im Lobus frontalis nicht mehr in der Lage zur Regeneration sind. Ich empfehle Ihnen daher, Ihre Dialogkompetenzen auf den Prüfstand zu stellen und am besten den Koitus mit der Fossa Poplitea zu vollziehen.«

Sie haben nun erläutert, dass die Zellen im Frontallappen, in welchem die Intelligenz zu verorten ist, nicht mehr ganz frisch zu sein scheinen und die Person daher besser die Schnauze halten und sich in die Kniekehle ficken sollte. Danach folgt ein Tritt ins Gesicht. Als Empfehlung noch die Veranstaltung meiner Frau: »Prätentiöser Sprachgebrauch für Menschen auch ohne geisteswissenschaftliches Studium« mit dem einleitenden Kurs »Was heißt eigentlich prätentiös?«.

Alternative 3: Paradoxe Intervention. Mein absoluter Favorit, da Ihrer Kreativität keinerlei Grenzen gesetzt sind. Machen Sie das Unerwartete: Imitieren Sie einen Elch![33] Klopfen Sie der Person mit Ihrer Eichel auf die Stirn. Sollten Sie keine Eichel haben, nehmen Sie ihre Brüste, die

33 Ein kleines Tutorial, wie ihr am besten einen Elch imitiert. Ihr verschränkt die Arme hinter dem Kopf, so dass beide Ellbogen sich hinter eurem Kopf berühren. Dazu sind sehr gut gedehnte Schultern nötig, also gebt nicht so schnell auf. Die Arme streckt ihr dann über Kreuz weit aus und dreht die Handflächen wie ein Geweih nach oben. Dann braucht ihr nur noch zu schielen und laut zu röhren. Der absolute Brüller. Versprochen!

kann sich jeder Mensch zulegen, wie Sie an mir sehen können. Entdecken Sie das Kind in Ihnen, haben Sie Spaß und sorgen Sie so für ein verwirrtes Schweigen der dummen Person!

Erst letztens noch stand ich in einem überfüllten Schienenersatzverkehr und eine ältere Frau beschwerte sich vehement, wie es denn sein könne, dass der Bus so voll sei. Ihre Antwort war schnell gefunden. Schuld daran waren natürlich die Flüchtlinge, weil die nämlich sofort alles Geld bekommen, was sie benötigen, wenn sie zum Amt gehen, und deswegen hat die Stadt nichts mehr übrig für eine vernünftige Infrastruktur. Logisch. Mir ist da ein bisschen der Kragen geplatzt und ich meinte: »Gute Frau, das läuft ein bisschen anders, ich arbeite mit diesen Menschen, so einfach ist das nicht. Also halten Sie bitte Ihre Schnauze!«

Sie schaute mich entgeistert und schwer atmend an, bevor sie antwortete: »Ach so ... Entschuldigung!«

So einfach kann das gehen.[34] Danach habe ich ihr ins Gesicht getreten.

Natürlich bleibt auch die Möglichkeit, gar nicht zu reagieren. Sie können ruhig bleiben und hoffen, dass diese sowieso schon veralteten Menschen spontan einem Herzinfarkt erliegen. Sie können hoffen, dass irgendjemand anderes schon etwas unternehmen wird.

Doch seien Sie sich im Klaren: Stillschweigen heißt in diesem Fall Akzeptanz. Ignorieren heißt legitimieren! Ich hoffe also, Sie wissen demnächst, was zu tun ist, bedanke mich für ihr Interesse und verabschiede mich für heute.

Bis zum nächsten Mal!

34 Kurze Anmerkung, dass diese Begegnung im Bus tatsächlich so passiert ist und der Blick der Frau absolut unbezahlbar war. Rassist*innen Kontra zu geben, kann sich sehr gut anfühlen!

Sex Education

Manchmal bestelle ich mir abends zwei Pizzen, um am nächsten Morgen kalte Pizza frühstücken zu können … und damit der Pizzabote denkt, ich hätte Freunde.

Vielleicht liegt das einfach daran, dass ich klassisches Frühstück nicht mag. Und ich habe sehr lange nicht verstehen können, wieso so viele Menschen das anders sehen als ich. Mittlerweile sind mir drei Gründe eingefallen:

1. Ich schlafe so lange, dass eh schon Zeit fürs Mittagessen ist.
2. Wenn ich doch irgendetwas Vernünftiges esse, flippt mein Stoffwechsel völlig aus. Er lässt sich die ganze Zeit nix anmerken, bis ich das Haus verlasse. Sobald ich in der Straßenbahn sitze, schalten alle Alarmanlagen ein, mein Darm schreit »Vollgas« und ich kriege kalte Schweißausbrüche, weil die nächste Toilette erst nach 40 Minuten Fahrtzeit zu erreichen ist.
3. Frühstückserfahrungen mit meiner Familie. Aber dazu muss ich etwas ausholen.

Im dritten Schuljahr wurde ich aufgeklärt. Endlich wusste ich, dass der Nachwuchs nicht aus dem Bauchnabel springt, sondern der Mann ganz viele mikroskopisch kleine Babys in die Frau schießt, wovon eines dann alle anderen auffrisst und dadurch immer größer wird. Deswegen kribbelt es beim Orgasmus auch so, weil diese ganzen kleinen Hände durch das Körperinnere krabbeln.[35]

Mit wissenschaftlichem Interesse fragte ich also meine Mutter nach dem Unterricht: »Stimmt es, dass der Mann seinen Penis in die Scheide stecken muss, wenn man ein Baby macht?«

»Ja, das stimmt, da hast du gut aufgepasst.«

»Haben Papa und du das dann auch gemacht?«

»Naja ... ja, sonst wären deine Schwester und du ja nicht hier.«

»BAAAAH, ihr seid widerlich!«

Seitdem ist mir also klar, dass, zumindest rein biologisch gesehen, meine Eltern schon mal miteinander Sex hatten. Aber ganz ehrlich: Ich will es nicht wissen. Das hält meine Familie trotzdem nicht davon ab, am großen Frühstückstisch im Beisein aller sexuelle Erfahrungen auszubreiten. Dabei ist es egal, ob es sich um meine 80-jährige Großtante handelt, die mir beim Essen ganz romantisch erzählt, dass ihr Mann und sie zwar nicht mehr so oft, aber trotzdem noch ab und an miteinander schlafen und es dann auch wirklich schön sei, oder um meinen Vater, der meine Mutter anpflaumt, dass sie sich wegen des schleimigen Vanillelikörs nicht so anstellen solle, schließlich nehme sie sonst auch alles in den Mund.[36] Besonders unangenehm für mich war es, als meine damalige Freundin

35 Ich hatte vorher, glaube ich, schon mal gesehen, wie ein Kälbchen aus einer Kuh gefallen ist. Da habe ich mir aber nichts weiter bei gedacht und bin davon ausgegangen, dass sowas täglich passiert und ein bisschen wie Achterbahnfahren ist. Kälbchen steigt ein und plumpst einfach wieder raus. Nur so zum Spaß.

36 Ich weiß nicht, ob meine Mutter diese Situation noch im Kopf hat, aber falls ja, würde sie wahrscheinlich sagen, dass ich mich doch nicht so anstellen solle, und damit hat sie wahrscheinlich auch recht ...

zum ersten Mal mit dabeisaß und meine kleine Schwester sich lauthals beschweren musste, dass es ja nicht angehe, dass sie uns beide beim Sex hören könne. Von wegen Rücksicht auf sie nehmen und so. Dann imitierte sie noch die gehörten Geräusche, was sich erschreckend nach einer trächtigen Kuh anhörte.[37]

Bevor ich mich irgendwie dazu äußern konnte, sprang Mutter in die Bresche: »Die zwei sind frisch verliebt, gönn ihnen doch den Spaß!«, was meine Schwester nicht wirklich einsehen wollte. Mutter musste also die großen Geschütze auffahren: »Mädchen, du weißt aber schon, dass die Wand zwischen Bade- und unserem Schlafzimmer aus Holz ist? Denkst du, wir hören nicht, wenn du mit deinem Freund nachts in die Dusche hüpfst? Da sagen wir auch nix!«

Und meine Schwester war ruhig. Ich muss zugeben, das fand ich persönlich dann eher witzig als unangenehm, aber meine Freundin hat sich das Frühstück ab da lieber ans Bett bringen lassen.

Ihr merkt allerdings, dass meiner Familie nichts und einem pubertierenden Jugendlichen damit so einiges peinlich werden kann. Doch, liebe Leute, Karma is a bitch! Es hat ganze zwölf Jahre gedauert, mittlerweile lebte mein Opa bei meinen Eltern und vor einigen Jahren kam meine große Stunde. Er besaß eine riesige Sammlung an Videokassetten und DVDs und manchmal schlief er beim Schauen eben dieser entweder ein oder verwechselte, wenn jemand klopfte, die Fernbedienungen, um abzuschalten. Dadurch erwischte meine Mutter ihn immer wieder dabei, wie er in aller Ruhe Pornos schaute. Sie war darüber alles andere als erfreut, ich hüpfte jubelnd durch ihre Küche.

....

37 Die Ex-Freundin hat sich übrigens darüber beschwert, dass das die einzige Stelle ist, an der ich sie je in einem Text erwähnt habe. Daran habe ich bis heute auch nichts geändert.

»Hatte er die Hose dabei denn noch an?«, fragte ich.

»Da achte ich doch nicht drauf!«, rief sie empört!

Ich hakte weiter nach: »Und sind das Filme aus seiner alten Sammlung oder bestellt er sich neue aus dem Quelle-Katalog?«

»Woher soll ich das denn wissen?« Meine Mutter verstand die Welt nicht mehr. »Ich hab sowas doch noch nie gesehen, sowas gab es zu meiner Zeit nicht!«

»Naja, das lässt sich recht schnell am Grad der Behaarung der Darstellenden ermitteln!«, aber auch hier wollte meine Mutter nicht weiter nachforschen.

Falls ihr die Antwort wissen wollt: Mein Opa war wirklich sehr treuer Quelle-Kunde!

Und das ist auch einfach sehr gesund für meinen Opa. Selbst im hohen Alter müssen die kleinen Babys an die Luft gelassen werden, sonst fangen die noch an, sich im Hodensack gegenseitig aufzufressen und zu wachsen. Und ich bin sehr beruhigt, auch im Hinblick auf mein eigenes Alter, dass meine Rente mit Internet und Virtual Reality der absolute Oberwahnsinn wird! Nur hat mein Großvater jeden Tag ausgiebig gefrühstückt … Vielleicht sollte ich meine Einstellung dazu also nochmal überdenken – wenn auch nicht im Kreise der Familie.

Das letzte Abendmahl

Weihnachten ist das Fest der Liebe, das Fest der Zusammenkunft. Das Fest, an dem man die Menschen sieht, um die man den Rest des Jahres einen großen Bogen macht. Das Fest, an dem sich der Onkel über die ganzen Flüchtlinge beschwert, der Opa anmerkt, dass damals ja nicht alles schlecht war, woraufhin sich alle die Köpfe einschlagen, bis es endlich Geschenke gibt. Ja, meine Familie weiß, mit Konflikten umzugehen, wir sind einiges gewohnt. Es sei denn, meiner Tante wird gesagt, dass ich zum nächsten Familienessen kein Fleisch mehr zu mir nehmen würde.

»Oh nein! Was soll ich denn dann kochen? Wie geht das? Essen ohne Fleisch? Das habe ich ja noch nie gehört!«[38]

Die Information sollte ihr eigentlich die Unannehmlichkeit ersparen, mir etwas vorzusetzen, was ich dann doch nicht esse. Nun hatten wir aber die Situation, dass meine Tante es leichter gefunden hätte, den Nahost-Konflikt zu lösen, gute Musik mit Dieter Bohlen zu komponieren und ihren Ellbogen mit der Zunge zu berühren, als dass sie mir ein vegetarisches Gericht kochen könnte. Der Struggle war real, die apokalyptischen Reiter scharrten mit den Hu-

38 Mit selber Tante habe ich mal diskutiert, dass sie auf der Karte ihres Gasthauses doch auch eine Sparte für vegetarisches Essen einfügen könnte. Ihre Antwort: »Aber wir haben hier doch genug Salat.«

fen und nach einigen Versuchen, mein Anliegen mit »Wir essen hier alle Fleisch, da muss der Junge halt durch« beiseitezuwischen, besann sie sich doch auf den weihnachtlichen Geist.

Das Erste, was mir bei solch einem familiären Essen auffällt: Menschen, die häufig Fleisch essen, fühlen sich allein durch die Anwesenheit eines Vegetariers dazu berufen, durchgehend zu erläutern, warum sie nicht auf Fleisch verzichten und wieso es doch wichtig sei, Eisen und Proteine so zu sich zu nehmen.

»Malte, aber jetzt mal ehrlich, was isst du denn dann den ganzen Tag?«

»Naja«, setze ich an, »vegetarisches Essen ist wirklich nicht schwer zu machen. Oftmals reicht es schon, bei einem Gericht, wie ihr es kocht, einfach das Fleisch wegzulassen. Es gibt genug Gemüse, einige leckere Ersatzprodukte und auf Käse verzichte ich ja auch nicht.«[39]

»Ersatzprodukte?« Mein Onkel verschluckt sich an einem der Eiswürfel aus Wurstwasser in seinem Tequila Sunrise. »Ich denke, du isst kein Fleisch? Wieso möchtest du dann etwas haben, das wie Fleisch schmeckt und aussieht?[40] Dann kannst du doch gleich auch das Steak mit uns essen!«

Dabei wirbeln alle mit ihrem Besteck wie mit großen Keulen auf der Jagd. So hat mein Onkel übrigens auch seine Frau gefunden.

....

39 Kommentar eines Freundes: »Malte lügt hier wie gedruckt, eigentlich schiebt er sich jeden zweiten Tag eine Pizza in den faulen Körper!«

40 Zu dem Zeitpunkt war es übrigens noch kein so öffentliches Thema, dass diese Sachen dann auch nicht so heißen dürfen. Aber klar, die Verbraucher*innen müssen ja davor geschützt werden, aus Versehen ein Soja-Steak zu essen anstatt eines Fleischprodukts. Bei der Masse an Menschen, die literweise Scheuer- und Sonnenmilch saufen, ist das natürlich eine berechtigte Befürchtung.

Ich kann das Unverständnis auch nachvollziehen, meine Familie haut sich wirklich unendlich viel Fleisch rein. Ein typischer Tagesplan sieht dann so aus: Zum Frühstück erst mal ein paar Scheiben Blutwurst auf zwei Scheiben Mortadella und etwas Leberwurst als Dip, mittags ein Hackbraten mit Frikadellen und zum Abendessen ein leichter Leberkäse. Nichtmals den Käse wollen sie mir lassen.

Wenn meine Familie Lust auf Käse hat, wieso isst sie dann nicht einen, sondern bereitet solch ein Fakeprodukt zu? Das konnte mein Opa seinen Kindern sehr gut vermitteln: »Wenn ein Deutscher etwas sieht, das ihm gefällt, dann macht er es sich so, widde widde wie es ihm gefällt. Egal, ob Käse oder Polen.«[41]

Meine Tante hat mittlerweile ihren Versuch, etwas Vegetarisches zuzubereiten, vor mir platziert. Ein riesiger Haufen Brokkoli mit geschmolzenem Käse. Da kommt Weihnachtsstimmung auf. Schöner die Glocken nie klingen, als wenn ich einen Kilo Brokkoli vor mir stehen habe. An die Menschen, die behaupten, alles würde geiler, wenn man es mit Käse überbackt: nein. Einfach nein!

»Und, was hast du bekommen?«, fragt mein Vater. Es ist offensichtlich, dass er noch nie in seinem Leben Brokkoli gesehen hat, während er sein Steak im Speckmantel und Bratensoße vertilgt.

»Und sowas isst du dann jeden Tag?«, ergänzt die Tante. »Schwer zu kochen ist das wirklich nicht. Aber mir würde da etwas fehlen!«

Auch wenn sie wahrscheinlich von einem Schweinskopf sprach, mir hätte etwas Sauce schon gereicht. »Ich mache mir meist eher etwas aus Soja, Tofu oder Kartoffeln.«

Kartoffeln, damit konnte mein Opa etwas anfangen. Seine komplette Jugend bestand schließlich aus Kartoffel-

41 Die meisten Großeltern waren eben nicht im antifaschistischen Widerstand, das sollte uns allen bewusst sein.

suppe. Übrigens auch der Grund, weswegen er mittlerweile über seine tägliche Portion mindestens einen Kilo Butter will. Gab‹s ja früher nicht. Im Schützengraben wurde mit Matsch gekocht!

»Kartoffeln, das ist gutes deutsches Essen! Aber Tofu? Junge, sowas hätte es früher nicht gegeben! Auch wenn die Japsen uns damals geholfen haben, deutsche Männer brauchen deutsches Essen!«

Dass Kartoffeln eigentlich aus Südamerika kommen, scheint er nicht zu verstehen. Und wenn ich aushole und von Vitaminen und Ballaststoffen spreche, triggert es nur seine PTBS, posttraumatische Belastungsstörung. Und wer ist letztendlich schuld, dass Opa jetzt geduckt unterm Tisch hockt, um vor den Bomben in Sicherheit zu sein? Ich natürlich. Weil ich keine Rücksicht auf die Spätfolgen des exzessiven Abhitlerns meines Großvaters genommen habe. Vielleicht liegt es auch einfach daran, dass ihn das mit Bratensauce verschmierte Gesicht meines Vaters an halbierte Kindersoldaten aus Gregors »Die Brücke« erinnert hat. Das Argument lassen sie aber nicht gelten. Also esse ich einfach meinen Brokkoli, während mein Onkel darüber philosophiert, dass die ganzen Geflüchteten mit ihrem Humus den Vegetarismus nach Deutschland bringen. Eine Veganisierung des Abendlandes, sozusagen. Dabei muss er immer wieder einigen mit Schnitzel ummantelten Hühnerschenkeln ausweichen, die Opa unter dem Tisch hervorwirft und dabei laut »Granate!« brüllt. Weihnachten ist das Fest der Liebe, das Fest der Zusammenkunft. Und bei halt uns auch ein bisschen wie Dresden '45. In Zukunft koche ich mein Essen lieber selber … ohne Brokkoli!

Ruhrpottromantik

Textstreet Boys

Wir befinden uns in einer beliebigen Bar, irgendwo in Westdeutschland. Draußen ist es Herbst, das Jahr neigt sich dem Ende zu, Feierabend liegt in der Luft. In der Bar herrscht schummriges Licht, es wird geraucht – natürlich wird geraucht, sehr viel geraucht –, Bier wird mit trüben Augen aus trüben Gläsern getrunken, schales Bier – wahrscheinlich Krombacher –, aber nach dem ersten halben Liter ist das sowieso egal.

An den Backsteinwänden hängen Bilder aller Bürgermeister, nur Männer wohlgemerkt, die hier natürlich alle schon mal getrunken haben, neben Bildern der Thekenleichen, die meist längere Amtszeiten hatten. Aus den uralten Boxen tönt statisch »Griechischer Wein« oder »Du hast den Farbfilm vergessen«, so genau kann das keiner sagen, außer Erika hinter der Theke, die gedankenverloren dazu schunkelt und jedes Lied auswendig mitsingen könnte, es aber nie tut, während sie wischt und zapft. Der kalte Nebel vor der Tür ist kaum dichter als die warme, verqualmte Luft und die Stammgäste drinnen. Unter bauchigem Gemurmel wird Hopfensaft geleert, so schnell, wie er wieder aufgefüllt wird.

Mäßig gesäuberte Gläser und halbvolle Flaschen stehen sorgsam aufgereiht in einem Regal an der Wand hinter der von Erika nass gewischten Theke. Und davor, in dieser Bar, an eben jener langen Theke, sitzen zwei Gestalten, zwei Menschen, nein, zwei Männer und unterhalten sich.[42]

Und weil das Jahr 2020 ist, ist zufällig einer von beiden schwul und das ist dort sogar okay.

»Joa, Wetter, ne?«
»Usselig draußen.«
»Jo.«
»Und, wie isset sonst so?«
»Jo, löppt.«
»Mhh.«
»Jo. Und bei dir, mit die Frau?«
»Muss. Tickt nicht sauber wegen dem MeToo-Zeug.«
»Wat hatse denn?«
»Jo, dat man jetzt alles breittreten muss, kannst dir gar nix erlauben.«
»Weiber halt, wa?«
»Dat Problem hast du ja nicht, ne, höhö?«
»Jo, mit die Typen isset einfacher. Die wollen schließlich immer, höhö.«
»Sach ma, wirklich immer? Ich hab nicht immer Bock auf die Alte.«
»Hm, jo, weiß nich. Stimmt schon. Aber manchmal ist halt Augen zu und durch.«
»Wie jetzt?«
»Ja kennste doch, oder?«
»Nee, sach mal!«

42 Solltet ihr mal im Ruhrgebiet sein, könnt ihr wirklich eine beliebige Eckkneipe betreten und werdet genau das beschrieben Bild sehen. Oft sind die zwei alten Männer an der Theke zu früher Stunde auch die einzigen im Laden und freuen sich sehr darauf, ihre angesammelten Lebensweisheiten mit neuen Ankömmlingen zu teilen. Wenn ihr also kein starkes Nervenkostüm habt, solltet ihr entweder einen Platz am anderen Ende der Kneipe aufsuchen oder einfach wieder rausgehen.

»Echt nich? Dat wer an dir rumschraubt un du nich wolltest?«
»…«

Leere Gläser an der Theke werden ohne viele Worte ausgetauscht durch volle, Schaum tropft auf die Bierdeckel, Bier fließt kühl die Kehlen runter und wärmt von innen. Die Männer leisten einander Gesellschaft, doch sind trotzdem wie für sich.

»Poah. Dat eine Ma vielleicht.«
»Wat denn? Isser nicht hart geworden, höhö?«
»Samma, dat geht dich ja wohl nen Scheißdreck an!«
»Jo …«
»Jo!«
(Pause)
»Wat is eigentlich mit die Borussia los?«
»Nene, hömma, so kommse mich nich davon! Dat Thema is no nich durch!«
»Wat willse denn noch? «
»Ja, weiß ich au nich. Aber dat geht doch nich an so.
»Hömma, wir sin Männers. Will nich, gibbet nich. Besser widerlich als wieder nich. Was solls, wenn man ma kein Bock hat? Ist wie mit die Maloche: Wat mutt, dat mutt.
»Ja, aber dat is doch Quatsch.«
»Nix Quatsch. Is jetzt au ma gut. Wat bis du für nen Lappen geworden, sach ma?«
»Hm.«
»Jo!«
(Pause)
»Aber wenne wirklich nich wills …«
»Samma, hasse deine Popel im Ohr verstaut? Wenne jetz nich dat Maul hältst, geh ich mich zu Hause besaufen. Hol ma lieber nochn Bier, du wirs schon wieder hässlich!«
»Hm … Is ja jut … Erika, mach ma noch zwei feddich hier!«

Leere Gläser an der Theke werden ohne viele Worte ausgetauscht durch Volle, Schaum tropft auf die Bierdeckel, Bier fließt kühl die Kehlen runter und wärmt von innen. Hier heißt Mann sein noch stramm sein. Wem wäre geholfen, wenn der eine jetzt zugibt, dass sein Kopf mehr als einmal gegen seinen Willen runtergedrückt wurde? Wem wäre geholfen, wenn der andere zugeben würde, dass sein Nein doch nur als Einladung gesehen wurde, fester zuzugreifen? Wem wäre geholfen, wenn man aller Zahlen zum Trotz glauben würde, dass manchmal auch Männer von Übergriffen betroffen sind?

Vielleicht würde Mann merken, dass man damit nicht allein ist.

Doch hier ist Mann lieber gemeinsam einsam, denn darüber spricht man nicht.

Die Männer leisten einander Gesellschaft, doch sind trotzdem wie für sich.

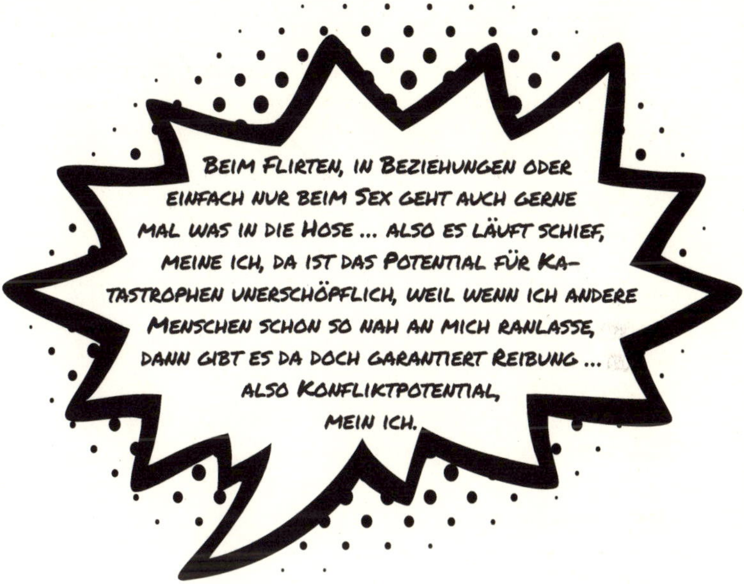

Wenn ich an meine Jugend zurückdenke, hätte ich mich selbst auch nicht gedatet. Die Gründe dafür waren vielschichtig und lassen sich auch in einigen Texten erkennen, die sich mit den möglichen Problemen um und in einer Beziehung befassen. Dass es hier kleine und große Konflikte gibt, ist ja auch naheliegend, schließlich wissen vor allem die Menschen, denen wir uns öffnen, welche Knöpfe sie drücken müssen, damit wir so richtig an die Decke gehen. Ich bin mir also sicher, dass viele Menschen ein komplettes Buch allein mit den Konflikten ihrer Beziehung füllen könnten.

Ein Problem, welches sich mir aber erst später offenbart hat, war der Umgang der tatsächlichen Partnerin mit diesem Thema, wenn andere Menschen die folgenden Geschichten hörten, in denen ich ausschweifend von einer ehemaligen oder aktuellen Partnerschaft rede. Da verschwimmt die Grenze zum lyrischen Ich plötzlich und selbst die Musterschüler*innen von damals, die jede Textanalyse im Unterricht perfekt abzugeben wussten, fragen am Ende des Textes, ob das wirklich alles so gewesen sei. Eine Antwort will ich darauf jetzt nicht geben. Strengt einfach mal euer kleines Köpfchen an! Aber ich möchte der betroffenen Person, also meiner aktuellen Partnerin, hier die Gelegenheit geben, sich selbst zu dem Thema zu äußern, und ich habe mich bei ihrer Einleitung sehr darüber gefreut, dass sie euch genauso im Dunkeln tapsen lassen möchte wie ich:

Nun hat er also ein Buch rausgebracht! Das war für mich wenig überraschend, denn was schafft Malte bitte nicht? Der Titel hat mich als Lebensgefährtin von Malte zuerst dann doch sehr überrascht, weil ich diesen friedliebenden Menschen selten konfliktfreudig erlebe. Das mag aber auch daran liegen, dass ein böser Blick von mir genügt, um jede noch so hitzige Diskussion zu beenden ...

Die Offenbarungen, welche die Geschichten in diesem Kapitel mit sich bringen, reichen von irgendwie verständlich bis absolut verstörend und spiegeln Maltes Blick auf das Thema Liebe in aller Umfänglichkeit wider. Zu welchen Anteilen autobiographische und fiktionale Elemente enthalten sind, soll zur Gnade aller beteiligten Personen, inklusive Susanne,[43] *auf ewig ein Geheimnis bleiben ...*

43 Sie hat den Namen hier aus Gründen der Privatsphäre geändert. Das ist löblich und wichtig, hat aber auch dazu geführt, dass ich selbst überhaupt keine Ahnung habe, wer damit gemeint ist. Also, liebe Susanne, falls du dich hier selbst erkennen solltest: Es tut mir leid!

Aber immerhin ...

Ich bin krank. Seit drei Tagen hänge ich auf dem Klo, abwechselnd mit dem Hintern und mit dem Kopf, mir geht es scheiße, ich sehe verschwitzt aus und habe einfach keinen Bock mehr. »Du Armer«, sagt sie. »Aber immerhin hast du kein Krebs. Dann würde es dir wirklich schlecht gehen. Das geht vorbei!«

Das ist meine Freundin. Dörte ... halb Döner, halb Torte. Augen und Ohren meist belegt mit Tomaten und Zwiebeln, aber doch irgendwie süß.

Und natürlich ist es gut, dass ich keinen Krebs habe. Aber trotzdem halte ich gerade alle zwanzig Minuten meinen Kopf in ein Klo, auf dem ich zehn Minuten zuvor noch gequält gesessen habe. Ich kann mich also nicht wirklich darüber freuen, dass es mir nicht NOCH beschissener geht.

Aber Dörte hat eine unfassbar deutsche Eigenschaft perfektioniert: die Relativierung. Irgendwo auf der Welt gibt es nämlich immer etwas, das schlimmer sein könnte, wodurch die eigenen Probleme nun doch irgendwie erträglich sein müssen. So ein Verhalten wird uns allen schon von klein auf beigebracht: Schmeckt uns das Essen nicht, schieben wir es von uns weg, weil wir Rosenkohl einfach widerlich finden, sollen wir doch gefälligst an die armen Kinder denken, die gar nichts zu essen bekommen. Da dürfen wir uns doch nicht darüber beschweren, wenn uns mal etwas nicht schmeckt. Nur hilft es weder mir noch den kleinen Kindern mit Wasserbauch bei unseren Problemen, wenn ich diesen Rosenkohl herunterwürge. Und ganz im Ernst: Wer zum Geier mag Rosenkohl? Schmeckt nicht, stinkt und verursacht erdbebenartige Blähungen. Sollte ich demnächst irgendwo in Somalia landen, weil ich richtig Bock auf eine Runde White Saviorism habe,[44] erzähle ich den Menschen einfach, dass ich immer an sie gedacht habe, wenn ich meinen Rosenkohl gegessen habe. Da freuen die sich sicher ein Loch in den Bauch! Holt schon mal die Konfetti-Shooter!

Auf jeden Fall diskutiert Dörte mit mir genauso. Klar sind die Erfolge der AfD bedenklich, aber immerhin ist es nicht die Rechte! Natürlich finde ich rechte Gewalt schlimm, aber du musst auch nach links gucken! Rassismus ist wirklich ein riesiges Problem, aber ich wurde auch schon Kartoffel genannt!

Und je kleiner der Gegenstand der Relativierung ist, umso deutlicher wird einem, wie sinnlos der ganze Kram ist. Mein Auto ist kaputt – aber immerhin geht die Lüftung noch! Dann brauche ich ja nix unternehmen, ich benutze die Karre einfach als Klimaanlage vor meiner Haustür.

Das geht stark in eine Richtung, die gerade hier in Deutschland häufig gebracht wird: Klar waren die Nazis schlimme Menschen – aber die Autobahnen ... Wobei witzigerweise die NSDAP anfangs deutlich gegen den Bau der Autobahnen war, da sie so eine Vermischung der Völker befürchtete. Wer will schon eine Mischung aus sächsischem und schwäbischem Dialekt?

44 Spaß beiseite: Sucht euch mal ein paar Artikel raus, weswegen es echt nicht cool ist, für einen guten Eintrag im Lebenslauf für ein paar Wochen oder Monate mit Kindern in einem afrikanischen Land zu arbeiten. Dann muss ich mich hoffentlich nicht mehr so oft aufregen.

Irgendwann kam es zwischen uns zu einem Gespräch über die Vorfälle in Heidenau.[45] Eine Unterkunft für Geflüchtete wird von rechten Spinnern belagert, ich bin schockiert, betroffen und rege mich auf. Dörte sagt nur: »Naja, aber es sind ja nicht alle dort so …«

»Ich mag das Geräusch, das du machst, wenn du die Fresse hältst«, würde ich gerne entgegnen, fresse vor Fassungslosigkeit aber ein Stück Papier – immerhin holzfrei. Auch hier schafft sie es, durch ihre Relativierung ein Problem kleinzureden. Wenn das alles nicht so schlimm ist, brauche ich selbst ja auch nicht intervenieren. Natürlich sind nicht alle Sachsen scheiße, aber trotzdem gab es niemanden, der die Geschehnisse verhindern konnte oder wollte.

Menschen, die so argumentieren, finden sich eigentlich nicht in meinem Bekanntenkreis oder dürfen sich, wenn sie es doch tun, auf einen regelrechten Shitstorm meinerseits einstellen. Bei Dörte tue ich das nicht. Weil ich mit ihr zusammen bin. Nur weiß ich so langsam nicht mehr, warum überhaupt noch. »Immerhin lieben wir uns doch …«, würde sie jetzt sagen. Und wieder: Eine gute Aussage versucht, ein Problem zu überdecken, ohne eine Lösung anzubieten.

Liebe macht blind. Und in manchen Situationen auch blöd. Und ich war anscheinend zu oft zu blind und zu blöd, keinen klaren Standpunkt zu verdeutlichen. Dabei ist es doch so simpel: Hört auf, zu relativieren, und lasst euch davon nicht bequatschen! Relativierungen sollten niemals ein Anlass für wichtige Entscheidungen sein. In der Politik sind sie fatal, wenn Politiker relativieren und einen Appeasement-Kurs fahren, anstatt klare Positionen zu bezie-

45 Das war zum Zeitpunkt des Schreibens der aktuellste Vorfall und es ist schlimm, dass ich mittlerweile noch unzählige andere Ereignisse als Beispiel anführen könnte.

hen und dementsprechend zu handeln. In Diskussionen mit euren Mitmenschen verwässern sie eure Standpunkte und in der Gestaltung eures Lebens halten sie euch immer wieder zurück. Ich will mich nicht mit Problemen zufriedengeben, nur weil ja noch genug Positives in meinem Leben vorhanden ist. Ich will mich ärgern, mich aufregen und jedes noch so kleine Problem angehen, so wie ich auch den kleinsten Stein sofort aus meinem Schuh haben will. Klar könnte ich damit noch laufen, aber es ist trotzdem irgendwie ein scheiß Gefühl! Und das sollte auch Dörte klar werden. Keine halben Sachen, entweder Döner oder Torte! Und dafür muss Feuer mit Feuer bekämpft werden!

Letzte Woche hat sie mich angerufen, völlig aufgelöst: Ihre Oma ist gestorben. Mitfühlend, wie ich bin, wählte ich meinen sanftesten Tonfall, während ich deutlich eine Situation von vor einigen Wochen aus meinem Badezimmer im Kopf hatte und antwortete: »Ich verstehe sehr gut, dass es dir nicht gut geht ... Aber hey – immerhin war es nicht meine!«

Das Wunderprodukt

Wenn ich Spam-Mails bekomme, dann sprechen diese irgendwie immer dieselben Themen an. Es gibt bei mir keine nigerianischen Prinzen, der mir Geld schenken will, niemand will meine Kontodaten oder schickt mir noch offene Rechnungen. Anscheinend ist mein Kontostand genau auf dem Level, dass niemand denkt, ich könne Geld verschenken oder welches benötigen. Wenn ich Spam bekomme, geht es immer nur darum, wie ich abnehmen kann, Penisvergrößerungen und Staubsauger. Mein digitaler Fingerabdruck wirkt also so, als wäre ich ein übergewichtiger Mann mit kleinem Penis in einer unfassbar dreckigen Wohnung.[46] Das ist erschreckend akkurat. Da ich mir das aber nicht von 100 Mails am Tag sagen lassen will, wird der Spamordner regelmäßig geleert.

Eine Mail schaffte es allerdings, meine Aufmerksamkeit zu bekommen. Mit dem Betreff »das Wunderprodukt« von »Max. Thomas« war mein Interesse geweckt. Zum einen, weil ich keinen Max Thomas kenne. Ich vermeide Menschen in meinem Umfeld, bei denen nicht direkt klar ist, welcher der Vor- und welcher der Nachname

46 Mittlerweile kommen auch noch Bitcoins und Viagra dazu, ich scheine also eher wie ein armer Mensch mit Potenzproblemen zu wirken.

ist. Bringt Ordnung in eure Leben, ihr Hallodris! Nur weil irgendwelche größenwahnsinnigen Kerle damals dachten, ihr Vorname müsse auf die gesamte Familie übertragen werden, könnt ihr euch doch davon lösen. Oder habt ihr das mal bei einer Frau erlebt? Tanja Michaela? Bernadette Kunigunde? Nein. Weil das absolut bescheuert ist. Wieso schreibt mir also ein Max Thomas? Oder steht das Max einfach für Maximum? Wie kann man eine Mail von Maximum Thomas nicht lesen? Welches Wunderprodukt würde mir der maximale Thomas verkaufen wollen? Thomas Maximus schrieb:

Hallo

Als ob es die üblichen Konventionen zur Begrüßung nicht geben würde. Ein Wahnsinnskerl. Er wollte direkt zur Sache kommen.[47]

Bei diesem Produkt handelt es sich um ein natürliches Mittel und deswegen kann es ebenfalls wurde deutlich größer.

Auch auf die Regeln der Satzstellung musste Thomas nicht achten. Die wichtigsten Fakten sollen nicht durch lapidares Beiwerk wie Satzstellung versteckt werden. Dieses Produkt aus den Händen von Mutter Natur kann es! Und es wurde bereits größer.

Titan Gel Richtig Anwenden Solche Bewertungen werden von Personen geschrieben, die sich nicht einmal die Mühe gemacht Reihe von Problemen statt der gewünschten Zentimeter erhalten.

47 Ich möchte anmerken, dass ich diese Mail tatsächlich genau so bekommen habe und seitdem immer mal wieder Spam-Mails öffne und lese. Führt das eventuell dazu, dass ich immer mehr bekomme?

Das Titan Gel ist also anscheinend schon mehrere gewünschte Zentimeter gewachsen. Thomas weist mich zum Glück darauf hin, dass Menschen mit Problemen dieses Ergebnis wohl nicht ordentlich bewerten können.

Aber was sind die gewünschten Zentimeter? Gibt es eine Zentimeterzahl, die der deutschen Wunschnorm entspricht? Wie groß sollte ein Gel denn werden? Fragen über Fragen, die Thomas mir hoffentlich noch beantworten wird.

Es ist richtig geil und ich kann es fast immer noch nicht glauben WIE TITANGEL RICHTIG. Nach einem Monat Anwendung werden Sie und nette Worte zu hören.

Thomas wird erregt. Allein das Schreiben dieser Mail scheint sein Blut in Wallung zu bringen. Wie Titangel richtig! Auch ich werde immer wuschiger. Außerdem hat er das Leerzeichen zwischen Titan und Gel weg-gel-assen. Nun steht dort Tit-Angel. Ist das die richtige Bezeichnung, die er so geil findet? Weiter im Text.

Ich werde euch aber dazu, ein neues Leben zu beginnen, in dem die Partnerin endlich nicht mehr zu kurz kommt.

In einem neuen Leben hätte ich also eine Partnerin, die nicht zu kurz kommt. Meint Thomas damit eine zeitliche Dimension oder spricht er von Zentimeterangaben? Kommt meine zukünftige Partnerin sehr lange oder kommt sie über eine lange Strecke? Ist sie ein Titan wie das Gel? Oder Marathonläuferin? Ich weiß nicht, was ich besser finden würde.

Bis zu zwei mal erhöht treten die ersten spürbaren verbesserungen.

Nun bekomme ich Angst. Meine neue Freundin tritt mich spürbar?

Das Titan Gel ist in Übersee schon und der Eichelkopf strahlt in neuer Grösse.

Oh ... natürlich. Auch Maximum Thomas hat die gesamte Zeit von meinem Penis gesprochen. Titan Gel lässt meinen Penis strahlen. Wie viel Plutonium ist in der Zusammensetzung? Und was genau ist ein Eichelkopf? Ist das nicht irgendwie doppelt gemoppelt? Wächst durch das Plutonium ein Kopf auf meiner Eichel? Wie sieht das dann aus? Kann der Kopf dann auch sprechen? Was würde er beim Sex sagen? Stellt euch doch mal vor, ihr würdet mehrmals pro Minute kopfüber in diverse feuchte Löcher getunkt.[48] Was soll die Frauen daran begeistern? In Deutschland bräuchte mein Eichelkopf sicher auch einen eigenen Personalausweis. Ich könnte damit höchstens ein Mitglied der X-Men werden. Das lahmste noch dazu.

»Ich kann mich heilen und habe unzerstörbare Metallklauen!« – »Ich schieße Laserstrahlen aus meinen Augen!« – »Ich kann politische Debatten mit meinem Penis führen!«...

Nun ... ich hab es mir also gekauft. Und ihr fragt euch sicher: »Aber Malte ... Hat das Gel funktioniert?«

Natürlich nicht. Was lernen wir also daraus? Ich habe keine Ahnung. Wahrscheinlich nichts. Außer, dass ihr nicht einfach jede Mail öffnen solltet. Selbst, wenn diese von Max Thomas verfasst wurde.

48 Wirklich, lehnt euch zurück, schließt die Augen und stellt es euch bildlich vor, wie dieser kleine, wahrscheinlich schreiende Kopf immer wieder in einem Loch verschwindet. Dankt mir gerne später.

Kölsches Liebesspiel

Nervös das Gewicht von einem Fuß auf den anderen verlagernd stand Johannes vor der geschlossenen Tür seiner Wohnung. Heut wollte er alles richtig machen. Schon länger war seine Ehe etwas komplizierter. Sie wirkte eingerostet, er stritt sich öfter mit Sabine als je zuvor und im Bett lief natürlich auch nichts mehr. Das machte ihm sehr zu schaffen. Früher lief es fast schon von alleine, ein Blick genügte und die Klamotten lagen in der Ecke und die beiden Turteltäubchen übereinander. Johannes vermisste das. Und ihm war klar, dass er noch nicht alles versucht hatte. Er wollte die Ehe nicht einfach fallen lassen, sondern die nötige Arbeit investieren. Jede Beziehung braucht Aufmerksamkeit und Energie aller Beteiligten. Daher wollte unser Romantiker heute Abend zeigen, dass er Sabine zuhört. Er wollte zeigen, dass er weiß, was sie sich wünscht, wie ihre tiefsten Bedürfnisse aussehen. Er musste sich nur überwinden, sich ihre Bedürfnisse zu Herzen nehmen, über seinen Schatten springen. »Jetzt oder nie«, dachte er sich. Also öffnete Johannes die Tür zu ihrer gemeinsamen Zwei-Zimmer-Wohnung und rief hinein: »Sabinschen! Isch bin zu hüss un hebbens rischtisch bock uff meene kleene Zuckerperle!«

Sabine blickte irritiert aus dem Wohnzimmer, sah ihren Mann und fragte: »W-w... Was hast du gerade gesagt?«

»De hess me schon verstonnde, kleene Drecksau! Un jetz kummens hee, lecker zu die Papa.«

Sabine biss sich nervös auf die Unterlippe.

»Aber ... aber Johannes! So kenne ich dich gar nicht. Was ist denn los mit dir?«

»Wat heeßt hier Johannes? Isch bin de Jupp und nu heeßt et hupp, hupp, drupp uffe Jupp! Ich kann dat nich mehr mit ansehe, wie du da immer an dich selber an rumporkeln bis. Darum lass mich ma schön an deine Pöppes schmatzen!«[49]

Sabines Augen begannen, zu funkeln, langsam trat sie auf den Wohnungsflur und auf Jupp zu. Vorher war es ihm immer so unangenehm gewesen, im Dialekt zu sprechen. Aber jetzt, wo sie diese zauberhaften Wörter aus seinem Mund hörte, liefen ihr heiße und kalte Schauer den Rücken herunter. Schritt für Schritt kam sie ihm näher, aber Jupp wollte nicht warten. »Sach ma, bisse einjeschlofe? Dir kann ma ja beim Latsche de Schluffe besohle. Jetz machens ma zackisch, de Jupp hat Bock wie Hennes!«

Sabine rannte in die Arme ihres Mannes, dieser umschlang sie und schmiss sie sofort ins Schlafzimmer. Das Bett knarzte und quietschte und die Nachbarn unter der Wohnung der beiden Turteltäubchen wussten auf der Stelle, dass der gemütliche »Tatort«-Abend jetzt erledigt war. Das Leben in Mehrfamilienhäusern hat eben so seine Unannehmlichkeiten. Sabine und Jupp war das jedoch egal. Wer Tatort schauen wollte, hatte nichts anderes verdient, als durch ein exzessiv quietschendes Bett davon abgelenkt zu werden. Ja, nehmt das, ihr Fans der deutschesten aller deutschen Abendunterhaltungen! Wenn ihr Polizeiarbeit sehen wollt, lasst euch doch einfach verhaften!

49 Ich habe für diesen Text intensiv das Wörterbuch Kölsch-Deutsch studiert. Es ist also nicht schlimm, wenn euch einige Begriffe nichts sagen. Aber hört euch gerne ein paar Interviews mit Rainer Calmund an, um in die richtige Stimmung zu kommen.

Jupp riss seiner Sabine in Sekundenschnelle die Kleidung vom Leib, während sie erwartungsvoll auf dem Bett liegen blieb. Jupps Hände fuhren über ihren Körper, als er bemerkte: »Liever jott, häs du en milchjeschäf. Un sach ma, da bisse ja klatschnass wie ne Tass jeschmolzene Butter zum Fröhstöcke. Lecker! Un oh no heiß wie ne Frittenfritteuse. Nisch datte mich min dicke Bockwoosch frittiers, do Die sollse später uff jede Fall no inne Schnüss kriege. Dat jeht ja af wie Ferkes willem, isch gloof dat nisch. Un jetz drehse disch ma um, dann wird jepoppt wie enne Hungk. Aver bell misch bloß net an dabei!«

Und die beiden liebten sich wie lange nicht mehr. Das Bett wackelte und schlug immer wieder gegen die Wand, Jupp hockte hinter seiner Frau und griff fest ihren Haaransatz. Der Klatschlichtschalter im Schlafzimmer erzeugte ein Stroboskopfeuerwerk der Liebe, während die Nachbarn auf der anderen Seite der Wand den Morsecode »kurz kurz kurz kurz kurz kurz kurz« geklopft bekamen, der sich später in ein »lang lang lang lang lang lang« verwandelte, als Jupp seine letzten Stöße gemächlich, aber bestimmt tätigte. Übersetzt sendeten die beiden Liebenden am Ende also ein langgezogenes »Ohhhh« an ihre Nachbarn, während beide es auch auf ihren Höhepunkt zusteuernd vokalisierten, begleitet von einem immer wiederkehrenden »Sabinsche, isch mach gleisch ne riesIJe Sauerei!«, welches Jupp schwer atmend hervorstieß, bis beide letztendlich ausgelaugt und zufrieden zusammensackten.

Als das Ehepaar nachher erschöpft nebeneinander lag, blickte Sabine rüber zu ihrem Gatten und fand das erste Mal wieder ein paar Worte. »Johannes, danke! Ich habe nicht mehr damit gerechnet, dass du dich auf so etwas einlassen würdest. Ich hatte schon alle Hoffnung auf unser Liebesleben aufgegeben. Aber das war einfach nur großartig.«

»Na, weeßte, min Mädsche, do bes net schön, avver selde. Un vun nix kütt nix. Na kla mach isch mich da zunne Jeck vor disch.«

Und so schliefen beide fest umschlungen ein.[50]

Am nächsten Morgen wurde Sabine in einem leeren Bett wach. Aus dem Bad hörte sie die Dusche laufen. Sie wickelte sich die Decke um den entblößten Körper und schlich sich langsam in das von Dampfschwaden eingehüllte Zimmer, wo ihr Johannes hinter dem Duschvorhang stand. Ihre Hand griff die Seite des nassen, mit Blümchen bedruckten Plastiks und zog es blitzschnell zur Seite. Johannes wirkte kein bisschen überrascht. Er dreht sich zu Sabine um und sagte nur: »Ja grüezi miteinand, i bin de Meiers Jupp« und Sabine wusste, dass ihnen noch viele glückliche Jahre bevorstehen würden.

50 Ich muss gestehen, dass ich viele Vokabeln auch einfach nach Gefühl geschrieben habe. Ein Kölner Bekannter sagte mir, dass die Kölner*innen selbst nicht so ganz genau wüssten, wie ihr Dialekt funktioniert, weswegen ich jetzt hoffentlich nichts verbockt hab. Aber korrigiert mich gerne per Mail, ich werd eure Zusendungen bestimmt alle nicht lesen.

Paarungszeit

Hallo, ich heiße Malte ... und ich bin gestresst. Es ist nämlich Paarungszeit. Ich bin Wer-Elch. Mit uns Wer-Elchen funktioniert das so: Bei Vollmond verwandeln wir uns alle in ausgewachsene Elche, da können wir nix gegen machen. Das setzt irgendwann mit der Pubertät ein, wann genau, können wir aber nicht sagen.

Das war auch der Grund für die Trennung von meiner ersten Freundin. Ich durfte bei ihr übernachten, das musste natürlich alles heimlich passieren, weil ihre Mutter ziemlich streng war. Junge verliebte Teenager in einem kleinen Raum – das war nicht die beste Kombination für ihre Vorstellungskraft. Darum hatte meine Freundin auch ihre Zimmertür abgeschlossen, damit bloß nicht herauskam, dass ich bei ihr war. Das Blöde war nur, dass genau an dem Abend meine erste Verwandlung kam. Kein geiles Gefühl, wenn plötzlich überall Haare wachsen, obwohl ich mich noch am selben Mittag gründlichst rasiert hatte. Naja, auf jeden Fall habe ich es nicht mehr geschafft, die verschlossene Tür zu öffnen und ... Wie sag ich das am besten? In ihrem Zimmer war nicht wirklich ausreichend Platz für mein Geweih ... und ihren Kopf ... Das war ne Sauerei!

Meine Flucht durch ihr Fenster war nicht gerade leise und natürlich hat man mich auch gesehen. Aber versucht ihr mal, einem Polizisten zu erklären, dass ein zweieinhalb Meter großer Elch aus dem ersten Stock eures Nachbarhauses gesprungen ist! Die durften danach erst mal zum Drogenscreening.

Aber ich schweife ab, also, bei Vollmond verwandeln wir uns, ohne Wenn und Aber. Erfahrene Wer-Elche können sich auch zu jeder anderen Zeit verwandeln, wenn sie es wollen. Ähnlich wie diese neuen Geschichten über Werwölfe, nur dass Werwölfe echt ne verdammt alberne Idee sind. So ein Quatsch. Es ergibt ja Sinn, dass sich meine Vorfahren solche Mühe gemacht haben, diese Gerüchte zu streuen, um von sich selber abzulenken ... aber Wölfe? Da hat wohl jemand schlechtes Gras gefressen. Was weniger Blutrünstiges ist ihnen auch nicht in den Kopf gekommen. Arielle, die kleine Wer-Jung-Sau, wäre doch auch ne Idee.

Wo war ich? Ach ja, verwandeln nach Belieben. Das geht dann so weit, dass wir auch einzelne Körperteile verwandeln können, also nur die Beine, nur den Kopf und so weiter. Sehr praktisch, wenn so ein blöder Macker nen Schwanzvergleich fordert. Als Olli Kahn davon sprach, dass mehr Eier benötigt werden, hat mein Vater einfach seine Hoden ganz groß und haarig werden lassen. Das war der Brüller auf der Familienfeier.

Wo wir dann gerade bei Hoden sind, zurück zur Paarungszeit. Die stresst mich. Vater macht nämlich Druck. Die Familienlinie muss erhalten bleiben. Hat er ja auch recht mit. Das Problem ist einfach, dass Fortpflanzung nur mit anderen Wer-Elchkühen funktioniert.

Also entweder finde ich eine gebürtige Wer-Elchkuh oder ich muss eine verwandeln. Das funktioniert, indem ich meinen Speichel in die Blutbahn der auserwählten Traumkuh bringe, am besten über einen Biss. Aber wisst ihr eigentlich, wie ein Elchgebiss aussieht? Versucht ihr mal, mit nem Haufen Mahlzähne ne vernünftige Wunde zu reißen!

Knochen brechen, dicke Blutergüsse erzeugen, alles kein Problem. Aber Fleisch aufreißen? Das ist mir echt zu stressig. Manche Freunde von mir verursachen extra Autounfälle, indem sie spontan auf die Straße springen und lecken dann die dabei entstandenen Wunden einmal gehörig ab, aber auch wenn wir stabil genug sind, so einen Kleinwagen unbeschadet zu demolieren, ich krieg davon immer tierische Kopfschmerzen.[51]

Ich bin daher also eher klassisch unterwegs und hoffe einfach, im Alltag meine perfekte Kuh zu finden. Dass ich damit nicht gerade glücklich werde, merkt auch Mert. Mert ist mein bester Freund. Ich dachte zuerst, er wäre auch Wer-Elch … Allerdings war das kein Röhren, er kann einfach nur verdammt laut rülpsen. Er wusste bisher nix von meinem Geheimnis und ich hoffe mal, dass er jetzt nicht sauer ist, wo ich damit an die Öffentlichkeit gehe. Durch seine Unwissenheit will er mich nämlich immer verkuppeln mit irgendwelchen Frauen, die er über fünf Ecken kennt oder so. Sind natürlich nie Wer-Elchkühe, aber das kann ich ihm ja nicht sagen.

Auf der letzten Party hat er mir dann allerdings eine Freundin vorgestellt, die musste einfach eine Wer-Elchkuh sein: dieser beißende Körpergeruch, die unfassbar behaarten Arme – da sind mir direkt alle Synapsen weggebrutzelt, ich hab's genau gespürt, das war die Kuh meiner Kälber! Wie es sich also für einen Wer-Elch gehört, habe ich, um bei ihr Eindruck zu schinden, Mert eine dicke Kopfnuss verpasst, die ihm die Nase gebrochen hat, mich neben meine Angebetete gestellt und meinen wirklich besten Brunftschrei aus dem Repertoire geholt. Aber anstatt mir direkt zärtlich in den Hals zu beißen und ih-

51 Diese Idee kam mir, als ich mal einen Anruf einer Frau beim Radio hörte, die fragte, wieso man die Wildübergänge nicht einfach an wenig befahrenere Straßen setzen könnte, das wäre doch sicherer für Menschen und Tiere.

ren Kopf an meinem zu reiben, hat sie nur laut geschrien! Ganz im Ernst, wir hätten ja nicht sofort heiraten müssen, ne kurze Paarung hätte absolut gereicht, da braucht sie doch nicht gleich so ne Szene zu machen. Oder sie war eben doch keine Kuh.

Jetzt hab ich auf jeden Fall den Salat. Mein bester Freund redet nicht mehr mit mir, was ich nun wirklich ziemlich albern finde. Und es ist Paarungszeit. Und das stresst mich. Tierisch! Und ich bin verzweifelt. So verzweifelt, dass ich mein wohl gehütetes Geheimnis hier auf dieser Bühne breittrete, in der Hoffnung, dass sich irgendne Elch-Kuh unsterblich in mich verguckt. Ich habe mich dafür extra seit dem letzten Vollmond nicht mehr gewaschen, um so richtig männlich zu riechen. Ich hab unfassbar gute Gene und ein echt riesiges Ge...weih!

Und sollten hier tatsächlich Personen sitzen, die mir die Geschichte nicht glauben und denken, der ganze Kram wäre absoluter Quatsch – denen werde ich jetzt einfach beweisen, dass ich die Wahrheit erzählt habe und mich verwandeln ...[52]

....

52 Das Elch-Tutorial habe ich ja bereits in »Richtiger Umgang mit dummen Menschen« geschildert. Hier ist also nochmal eine Gelegenheit für euch, das ausgiebig zu üben. Wenn ihr es schafft, dann stimmt bei euch genau wie bei mir etwas mit den Schultergelenken nicht so ganz, aber dafür seid ihr der Brüller auf jeder WG-Party, zumindest für fünf Minuten, bis alle merken, dass ihr sonst nichts weiter auf dem Kasten habt.

Sul sul, liebes Tagebuch

Das war eine seltsame Woche. Gerade als ich montags zur Arbeit gehen wollte, klingelte es an der Türe. Eigentlich wollte ich mir heute meine Beförderung zum Astronauten abholen, ich hatte die ganze Nacht dafür mit meinem Teleskop ins Weltall geschaut und war damit bestens vorbereitet. Aber meine Nachbarin vor der Türe wirkte unfassbar aufgebracht. Also ließ ich das zum Abholen bereitstehende Auto einfach wegfahren. Einen Tag freimachen würde mich nicht direkt in den finanziellen Ruin treiben.

»Cummuns nala?«, fragte ich höflich, doch meine Nachbarin war nicht auf Smalltalk aus.

Liebes Tagebuch, ich sage dir, so flirty hat mich noch nie jemand gekitzelt. Stundenlang. Immer wieder. Ich war unsterblich verliebt. Wir küssten uns. Und nochmal. Und nochmal. Ich sah die Welt vor lauten Herzen nicht mehr. »Jetzt oder nie!«, schien meine Nachbarin sich zu denken und machte mir einen Antrag. Natürlich sagte ich »Spanewash« und sie zog bei mir ein. Also ihre Möbel und Familie ließ sie in ihrem alten Wohnsitz, das hätte alles eh nicht in meine kleine Zwei-Zimmer-Wohnung gepasst. Nur mein Kontostand verdoppelte sich also.

Liebes Tagebuch, endlich verstand ich, was alle immer mit diesen steuerlichen Vorteilen einer Ehe meinten, man bekommt dann einfach so scheiße viel Geld, dass einem die Abgaben völlig egal werden. Ein tolles Gefühl!

Mit meiner neuen Frau, sie hieß Claire Grube, wie ich erfuhr, knutschte ich noch bis tief in die Nacht hinein. Vor allem taten wir das, weil ich am nächsten Tag gut gelaunt zur Arbeit musste, um meine Beförderung abzusahnen. Das Problem war allerdings, dass Claire nicht aufhören wollte, zu knutschen. Und wie aus dem Nichts tauchte nach einem besonders sabbrigen Schmatzer eine Krippe neben uns auf. Mit einem schreienden Nooboo drin. Wir waren Eltern geworden. Das war es also mit dem erholsamen Schlaf.

»Keine Sorge, du wirst nie wieder zur Arbeit gehen müssen, mein Liebling, ich kümmere mich um unser Einkommen«, sagte sie und begann, mehrmals laut »rosebud« in die Nacht zu rufen, woraufhin ich mich nicht mehr vor Nachrichten meiner Bank retten konnte. Mit jedem Ausruf stieg der Kontostand um 1.000 Simoleon. Das war zu viel. Ein einfaches »Badeesh« schien nicht mehr zu reichen, wie sollte ich das je wiedergutmachen? Ich fiel in Ohnmacht.

Aber, liebes Tagebuch, ich wollte dir ja erzählen, was seltsam war. Als ich am nächsten Tag von einem riesigen Hungergefühl und platzendem Harndrang geweckt wurde, hörte ich lautes Gerede von draußen. Über Nacht war plötzlich ein Swimmingpool in unserem Garten aufgetaucht und die halbe Nachbarschaft planschte voller Freude mit meiner Göttergattin. Nacheinander sprangen alle fröhlich lachend vom Sprungbrett ins Wasser. Kaum, dass sie sich im Becken befanden, verschwand jedoch die Leiter. Ich hatte schon von solchen Vorfällen gehört. Dass unerfahrene Köche plötzlich Lust bekamen, einen Auflauf zuzubereiten, und sobald die Küche in Flammen stand, plötzlich keine Türen mehr vorhanden waren, durch die man fliehen konnte. Aber im eigenen Haus? Ich konnte es nicht glauben. Panisch stand ich neben dem Becken, fuchtelte mit den Armen, doch niemand schaffte es hinaus. Ohne Leiter waren alle völlig aufgeschmissen. Es war doch verboten, am Rand aus dem Becken zu klettern! So ertranken nach und nach alle Nachbarn, ich bekam einen nagelneuen Friedhof in meinem Garten und wurde nach einem Tag Witwer und alleinerziehender Vater.[53]

Einfach zur Arbeit konnte ich also nicht mehr gehen, wer würde sich sonst um das Kind kümmern? Außerdem hatte ich von einem meiner Nachbarn gehört, der eines Tages plötzlich eine große Hecke vor seinem Haus stehen hatte, die einen Gang wie ein Schneckenhaus rund um den Wohnsitz bis zur Straße bildete. Wenn er sich also zum Abholdienst begeben wollte, brauchte er ganze sieben Stunden durch diesen Weg, schlief entweder auf halber Strecke kurz ein oder machte sich in die Hose, um dann am Auto angekommen noch für eine Stunde zur Arbeit fahren und die sieben Stunden zurück zum Haus laufen zu dürfen. Das konnte ich nicht riskieren. Die Wohnung wurde also nicht mehr verlassen. Ich brauchte eine andere Möglichkeit und, liebes Tagebuch, ich nahm mir vor, Claire zu ehren und sie mir zum Vorbild zu nehmen.

Am nächsten Tag klingelte also Rosa Schlüpfer an der Türe. Nach einem kurzen »Sul Sul« wurde gekitzelt, was das Zeug hielt, bis wir uns küssten, und am Ende des Tages war ich erneut verheiratet. Ihr Mann kam kurz darauf wutentbrannt auf das Grundstück gestürmt, aber auch er konnte die neu entflammte Liebe seiner Frau nicht mehr aufhalten. Das Feuer der Leidenschaft brodelte in unserem Bett. Aber bevor ein neues Kind auf die Welt kam, zeigte ich Rosa das großartige Sprungbrett am Pool. Be-

53 Gibt es irgendwen, der das erste Sims gespielt und so etwas nicht gemacht hat? Es hat die gleiche Faszination wie die bewusst tödlich gebauten Achterbahnen bei Rollercoaster Tycoon.

geistert, wie sie war, sprang sie direkt hinein und wenig später war auch sie ein Grabstein in meinem Garten. Das Konto stieg und der Spaß ging weiter. Ständig tauchten aus dem Nichts neue Familien mit skurriler werdenden Namen auf, egal, welches Geschlecht, egal, welches Alter, Tag für Tag wurde ich Mitglied einer neuen Lebensgemeinschaft und holte mir das damit verbundene Familienkapital. Mein Friedhof wuchs und wuchs. Ab und zu tauchten die hinterbliebenen Partner und Partnerinnen meiner ertrunkenen Lebensabschnittsmenschen auf und trauerten in meinem Garten, aber mit einer kurzen Poolparty war auch das erledigt.[54]

Meinem Kind fehlte es an nichts, wir konnten das Haus ausbauen, das Kinderzimmer wurde größer und irgendwann war das Baby plötzlich im schulfähigen Alter und ich hatte morgens meine Ruhe. Die war auch nötig. Denn nun kommen wir endlich zu den seltsamen Vorkommnissen, liebes Tagebuch. Geister ziehen nachts durch das Haus und jammern mich voll. Und ich weiß nicht mehr, was ich noch tun kann. Meinen Job als angehender Astronaut habe ich nicht mehr, ich wurde entlassen, die Karriereleiter erneut nach oben klettern will ich nicht. Und bei allem stellt sich mir nur die Frage: Wieso kann ich einen Meteoritenschauer herbeiführen, eine Geisterparty schmeißen, alle Frauen der Nachbarschaft schwängern, wenn sie noch leben würden, ein Geisterbaby bekommen, mit dem Sensenmann schlafen oder von Aliens entführt werden, aber KEINE Geisterjäger engagieren?

Liebes Tagebuch, ich kann nicht mehr. Dag Dag!

54 Mutter war damals übrigens äußerst schockiert. Sie hatte meiner Schwester und mir das Spiel gekauft, in der Hoffnung, dass wir daraus etwas über Haushaltsführung und Verantwortung lernen könnten. Ihr Blick war nicht schlecht, als sie mitbekam, wie wir die gesamte Nachbarschaft für einen schicken Friedhof abmeuchelten.

Wochenende

Was bringt Menschen zusammen? Was hilft uns, unsere Emotionen auszudrücken? Was lenkt vom anstrengenden Alltag ab und was lässt uns die Liebe unseres Lebens erkennen? Richtig: Saufen!

Daher tun das auch so viele Menschen, vorzugsweise am Wochenende. Ein erfolgreicher Abend lässt sich dabei an unterschiedlichen Meilensteinen festmachen, je mehr desto besser: Du erklärst deinen Vermietern, dass ihr ruhiger machen werdet, während du eine Stormtrooper-Maske trägst, ohne dies zu merken. Du schaffst es, solltest du dich übergeben müssen, die Maske rechtzeitig nach oben zu schieben. Du weißt nicht, wie du nach Hause oder ins Bett gekommen bist, deine Boxershorts liegen allerdings vor der Wohnungstür. Die Person, neben der du wach wirst, ist keine Person, sondern ein Drucker vom Sperrmüll.[55] Du bist dir nicht sicher, ob du das nur geträumt oder ob du tatsächlich in deinen Kleiderschrank gepinkelt hast. Den Abend lässt du dir von diversen Bekannten rekonstruieren, bis du eine eigene Version erzählen kannst, bei der du halbwegs gut wegkommst. Und, zu

55 Ich habe angeblich gesagt: »Einen Drucker kann man immer gebrauchen!«, für den Baustellenpylon ein paar Jahre später hatte ich allerdings keine Erklärung parat.

guter Letzt: Beim morgendlichen Blick in den Spiegel sagt dir eine vertraute Stimme: »Malte ... Ich bin dein Kater!«

So kam es auf jeden Fall auch zu diesem einen Donnerstagabend, der in einer Party enden, zur Vorbereitung aber mit dem härtesten, kompetitivsten Saufspiel aller Zeiten beginnen sollte. Nein, ich rede hier nicht von Looping Louie, nicht von »Ich hab noch nie« und auch nicht vom Meiern! Die Rede ist von ... MARIO KART! Es wird ein Rennen gefahren, jede teilnehmende Person bekommt ein Bier. Das Bier muss vor Beendigung des Rennens leer sein, wer das zuerst schafft, hat gewonnen. Getrunken werden darf allerdings nur, wenn das Kart stillsteht, da Trinken während des Fahrens einfach unfassbar verantwortungslos ist. Regelverstöße führen zur Niederlage und die Welt explodiert. Saufspiele brauchen harte Konsequenzen!

Natürlich gab es auch hier wie bei jedem Saufspiel Menschen, die an den Regeln mäkelten und dann den nötigen Schluck verweigerten. Diese scheinen das Prinzip eines Saufspiels nicht verstanden zu haben, dabei steht es schon an erster Stelle: SAUF-Spiel. Es geht ums Trinken, die Regeln sind nur eine Entschuldigung für übermäßigen Konsum und sollten daher mit Freude akzeptiert werden. Sonst wäre es ja Spiel-Saufen und das wollen wir nicht. Solche Menschen stehen einem erfolgreichen Abend im Weg und wir wollten schließlich noch feiern gehen. Sollten Argumente in Form von Schnaps nicht helfen – weg mit diesen Spaßbremsen, bis morgen!

Wir erreichten den Club, betraten den Schuppen und da war sie: die Frau meiner Träume! Die oder keine! Da hinten stand sie, umringt von ... den Frauen meiner Träume! Eine von denen oder keine! Ich hatte sie gefunden, die Liebe meines Lebens, und musste sie nur noch davon überzeugen!

An dieser Stelle sollte ich anmerken, dass ich damals noch weniger als heute einen Plan davon hatte, wie man sich vernünftig mit fremden Menschen auf einer Party unterhält. Bei dieser Truppe an Frauen kam ich irgendwie auf mein Praktikum beim Tierarzt zu sprechen. Erstaunlicherweise hatte ich die Aufmerksamkeit aller Damen, als ich trotz meines Pegels detailliert und fachmedizinisch beschrieb, wie einem Meerschweinchen ein Auge herausoperiert wurde und darunter eine Eiterblase zerplatzte.[56] Flirten kann ich!

Nur die Kurve zu einem anderen Thema bekam ich nicht hin, so dass ich irgendwann selbst keine Lust mehr auf das Thema hatte, meinen Blick schweifen ließ ... und da war sie: die Liebe meines Lebens, meine absolute Traumfrau! Ihr wollte ich klar machen, dass ich kein Mensch für eine Nacht, sondern für ein von Glück erfülltes Leben war! Ich schwebte auf Wolken in ihre Nähe und auch hier kam es zu einer angeregten Unterhaltung, wir sprachen über unsere finanzielle Situation, ein sehr wichtiges Thema für eine gemeinsame Zukunft. Sie erzählte mir, dass sie mit dem Gedanken spielte, ihre getragene Unterwäsche im Internet zu verkaufen. Aus Recherchezwecken wusste ich, dass dies ein florierender Markt mit guten Chancen auf schnellen finanziellen Erfolg war.

»Ich weiß ja nicht ... Irgendwie fühle ich mich nicht so wohl mit dem Gedanken, dass fremde Männer an meiner Unterwäsche riechen, während sie sich einen runterholen«, meinte sie zaghaft.

»Hast du einen Hund?«, fragte ich geschäftsmännisch. »Dann könntest du ihm die Schlupper anziehen, nach nem Tag riechen die sicherlich auch sehr intensiv!«

»Den habe ich tatsächlich! Aber meinst du, die Höschen sind dann auch genauso schleimig?«

....

56 Die Geschichte von der Frau und ihrem kranken Papagei, der noch während ihres Anrufs tot von der Stange fiel, was die Frau mit »Ich glaub, wir müssen nicht mehr vorbeikommen« kommentierte, wäre wohl besser gewesen.

PUFF! Zu viel Information für den ersten Abend. Ich mein, wer konnte denn ahnen, dass ich auf einen Menschen treffe, der noch weniger Ahnung davon hat, wie man mit fremden Menschen auf einer Party spricht, als ich? Still und heimlich zog ich mich in die Menschenmasse zurück, setzte mich an die Theke und bestellte einen Leberhaken, also eine Mischung aus Jägermeister und Sambuca. Sehr lecker.

Ein Freund kam vorbei, 19 Jahre, er hatte ein 17-jähriges, hübsches Mädchen stehen lassen mit der Begründung: »Die darf noch nicht mal wählen!« – noch ein Leberhaken. Weiter hinten ein Typ, dessen Kiefer dermaßen Kirmes fuhr, dass er damit Menschen auf der Tanzfläche umhaute – noch ein Shot. Ein Betrunkener pinkelte auf die Tanzfläche (ich rede nicht von mir, ich trank noch etwas). Ich wurde in eine Diskussion verwickelt, ob die Ratte oder die Kakerlake die Krone der Evolution sei. Ganz klar die Kakerlake! Wieder ein Schnaps. Und mehr weiß ich vom Abend auch nicht mehr … Dementsprechend kann ich mir auch nicht erklären, wieso ich am Münchener Hauptbahnhof saß. Scheint aber auch ne witzige Geschichte gewesen zu sein.[57]

57 Dürfte fast so unterhaltsam sein wie die Geschichte, wie ich fünf Stunden lang zwischen Bochum und Düsseldorf hin und her gefahren bin, weil ich betrunken jedes Mal den Duisburger Hauptbahnhof verschlafen habe.

Ich hab da so nen Freund

Textstreet Boys

Ich hab da so nen Freund,
der immer für mich da war,
den kenn ich schon, seit ich denken kann.
Mit ihm hab ich schon hunderte Kühe umgeschubst.
Ihn hab ich unzählige Nächte bei Mario Kart abgezockt.
Wenn es drauf ankam, hat er für mich ein paar Fressen poliert.
Seine große Klappe uns schon öfter Probleme eingebrockt.
Ich weiß, wie er tickt

An meinem 19. Geburtstag hat er mich dermaßen abgefüllt, dass ich meinem Schwarm in die Badewanne gekotzt habe. Er hat mich dann ins Bett gebracht, zumindest sagt er das, und mir am nächsten Tag ein Katerfrühstück gemacht. Ein Bad habe er mir auch eingelassen, meinte er noch. Aber nur, weil er wusste, dass ich zu zerstört war, ihm eine zu klatschen.

Als ich mir mal den Arm gebrochen hab, hat er mich ins Krankenhaus gefahren. Jeden Tag kam er zu Besuch mit einer Ladung Comics in der Tasche. Mit ihm dort war alles halb so langweilig. Nur die versteckten Pornohefte haben zu einem langen Gespräch mit meiner Mutter geführt.

Ich hab da so nen Freund, dem kann ich mein Herz zu Füßen legen.
Ich hab da so nen Freund, dem möcht ich mein Herz zu Füßen legen.

Wenn er da ist, kann es mir gar nicht schlecht gehen, und falls doch, gehen wir eben raus, denn draußen ist die Welt, und die ist nicht so schlecht, sagt er manchmal. Er bringt mich immer zum Lachen, auch wenn er mich in den Wahnsinn treibt. Seine Nähe tut mir einfach gut. Er bricht nie sein Wort, würde alles für mich tun. Wir sind die Könige der Welt, sind wie Romeo und Mercutio, wir stehen uns so nah, wir beenden sogar –

Höh?

Ich mag den Kerl. Ich liebe den Kerl! Wenn ich mal nicht weiterweiß, ist er da. Wenn die Kacke wieder dampft, zieht er die Spülung. Er steht schon parat, bevor ich überhaupt Hilfe brauche. Er bricht nie sein Wort, würde alles für mich tun! Wenn ich Liebeskummer habe, hört er zu und betrinkt sich danach mit mir. Ich weiß nicht, was ich ohne ihn machen würde, wahrscheinlich – *pausenlos wichsen!* Ha, ja man! Er und ich, wir sind wie Brüder – nur enger verbunden –, ich bin Bud und er ist Terrence. Wenn ich ein Halleluja brauche, leiht er mir zwei Fäuste.

Ich hab da so nen Freund

und er ist mir das Wichtigste auf der Welt. Ich könnte eher ohne meine Augen leben als ohne ihn. Ich kann ihm alles sagen. Fast alles. Nur das eine würde er nicht verstehen. Versteht er nicht. Ich möchte so gern mit jemandem darüber reden. Ich verstehs ja auch nicht. Will das gar nicht. Wieso passiert der Scheiß auch mir? Wieso kann nicht alles so sein wie früher? Wann bin ich so geworden? Diese Gedanken machen mich fertig, nur wenn er da ist, geht es wieder. Fuck! Ich mag den Kerl. Ich liebe den Kerl!

Ich hab da so nen Freund
und ich könnte mir keinen besseren vorstellen. Schon die Schlümpfe sangen »Jeder Mensch braucht einen Freund ... einen Freund ... einen Freund«[58] und mehr als ihn brauche ich nicht. Er soll meinen Junggesellenabschied planen, mich nach Las Vegas schleppen und davon abhalten, wildfremde Frauen zu heiraten. Er soll im Altenheim im Schaukelstuhl mit mir und meiner Frau sitzen und fluchen, weil ich seine Dritten versteckt habe. Er soll an meiner Seite bleiben, damit ich auf meinem Lebensweg nicht alleine bin. Ein Freund. Er. Sonst keiner!

Ich hab da so nen Freund
und ich werde immer an ihm festhalten
und ich möchte ihn für immer fest halten.
Ich hab da so nen Freund
Ich will für ihn da sein
Und er ist mein Dasein.
Ich hab da so nen Freund
und es heißt: Wir gegen die Welt!
Doch die Welt ist gegen mich!
Ich hab da so nen Freund
und er bemerkt einfach alles,
denn er merkt es einfach nicht.
Er versteht mich einfach
nicht.
Ich hab da so nen Freund und ich liebe den Kerl!
Und das sag ich ihm jetzt auch.

....

58 Mein Teampartner Stef, mit dem ich diesen Text geschrieben habe, konnte hier nie heraushören, dass ich diese Zeile auf die Melodie von »Quit Playing Games« von den Backstreet Boys singe, wie es auch schon die Schlümpfe getan haben. Als ich es ihm erklärte, starrte er mich nur ungläubig an. Ein weiterer Beleg dafür, dass man mich eigentlich davon abhalten sollte, Songzitate in Texte zu packen.

Ich hatte mal nen Freund, und dann war irgendwas anders. Ich dachte, wir stehen alles durch, packen jede Hürde und laufen gemeinsam durch das Ziel. Doch unsere Bahnen trennten sich. Wir hatten uns vorgenommen, dass das nicht passiert. Dass wir auch dieses Hindernis meistern. Aber anscheinend war es uns doch eine Nummer zu groß. Wenn wir uns sehen, haben wir uns nichts mehr zu sagen, …

sehen uns nicht mal mehr in die Augen, sondern nur auf den Boden unter unseren Füßen. Der Boden unter uns war plötzlich weg, nachdem ich es ihm gestanden hatte, alle Brücken brachen ein. Ich stehe jetzt allein auf weiter Flur. Man kann sich eben alles versprechen, außer Gefühle, also muss sich jeder von uns jetzt einen neuen Weg suchen.

Ich hatte mal nen Freund
und er fehlt mir.

Es kommt das Ende!

Flap, flap, flap ... klingt es durch das gesamte Gebäude, während ich heftigst onaniere. Flap, flapp, flapp ... flapp, flapp[59] ... FLAPP! Der Höhepunkt ... Es fühlt ich an wie ein Erdbeben ... ist aber nur ein epileptischer Anfall.

Den kriege ich immer, wenn ich schreiende Kinder höre – super Timing würde ich sagen!

Vielleicht hätte ich mich am Praktikumsplatz doch etwas zurückhalten sollen ... Das wars dann wohl mit meiner Karriere als Kindergärtner.

Besonders unangenehm: Bei so einem epileptischen Anfall ziehen sich alle Muskeln stark zusammen. Auch die Hand. Ihr versteht mein Problem?

Meine Freundin und ich haben so einen Artikel über sexuelle Abenteuer am Arbeitsplatz gelesen. Sexuelle Erfahrungen am Arbeitsplatz geben den besonderen Kick, stand da. Die Gefahr, erwischt zu werden. Trauen Sie sich etwas!

Daraufhin wollte sie, dass ich ihr ein paar schmutzige Fotos schicke.[60] Klingt nach einer super Idee! Was könn-

59 Wer das Geräusch imitieren möchte: Schlackert so doll mit der Hand, dass eure Finger auf die Handballen klatschen. Das nenne ich auch liebevoll den »einhändigen Applaus«, der tatsächlich sehr nach wilder Masturbation klingt.

60 Das ist definitiv der Text, bei dem meine Partnerin die meisten

te da nur schiefgehen? Abgesehen von einer Anzeige, der Entlassung und einem durch Handkrämpfe komplett blau angelaufenem Gemächt?

Was kommen die Blagen auch einfach reingeplatzt? Wozu hänge ich denn das »Bitte nicht stören«-Schild vor die Puppenecke?! Wer hätte denn ahnen können, dass die nicht mal lesen können, diese kleinen Idioten?

Die Ausrede, dass es sich hier um weißen Bastelkleber in meinem Gesicht handelt, zieht wohl auch nicht. Schließlich liege ich zuckend auf dem Boden mit meinem Schwanz in der Hand. Vergessen wird das hier auch niemand, das Gedächtnis meiner Chefin ist nämlich genau wie mein Penis – es ähnelt dem eines Elefanten!

Ich werde direkt aus der Örtlichkeit geschmissen. Die Kinder sind traumatisiert und ich habe klebrige Haare. Blöd gelaufen für alle Beteiligten.

Dabei verstehe ich den Aufstand wirklich nicht, den die alle machen. Die Jungs hier halten ihren Penis allen Anwesenden in der Bärchengruppe ungefragt direkt ins Gesicht, ich hab ja wenigstens versucht, das Ganze heimlich zu machen!

Nein, Fiete, ich möchte nicht raten, wie weit dein Pullermann pinkeln kann. Jakob, hör bitte auf, deinen Pipimatz um die Buntstifte zu wickeln, Maia möchte damit ein Bild malen!

Der kleine Lukas ist auch etwas zu offenherzig. Okay, er hat es wirklich nicht leicht, Überbiss, riesige Brille, fast blind ... Ich sollte ihn aufs Klo begleiten, da kam es zu folgendem Dialog:

»Letztens ... da ging das bis zum Knie.«

»Was ging bis zum Knie, Lukas?«

verstörten Blicke zugeworfen bekommt, sollte sie im selben Raum sein, während irgendwer diesen Text liest oder hört. Und das bereits zu einem Punkt, wo es noch gar nicht richtig angefangen hat.

»Na, mein Schniepel und der war ganz hart!«

Ich hoffe für ihn, dass das nicht proportional zu seinem Körper mitwächst. Ansonsten wird es schwer mit den Frauen, Männern oder wie auch immer seine Sexualität sich entwickelt. Allerdings braucht er dann nie einen Gehstock.

Auf jeden Fall passiert hier sowas täglich! Aber wehe, der Praktikant wird in einer unglücklichen Situation erwischt, die wirklich jedem von uns hier hätte passieren können![61]

Natürlich habe ich mich etwas dämlich angestellt. Ich hätte zur Tarnung zum Beispiel die Handpuppe des Gruppenmaskottchens überziehen können. Nur hätte es dann ausgesehen, als würde ich einen breit grinsenden, mit Matrosenmütze bekleideten Teddy namens Brumm vögeln. Das ist selbst mir zu verstörend. Außerdem wäre die Grundintention dieses Malheurs dann nicht mehr erfüllt gewesen.

Vielleicht hätte ich einfach in den Sandkasten kacken, das fotografieren und danach alles auf Maurice schieben sollen. Wäre nicht so auffällig gewesen, meine Freundin hätte ihren schmutzigen Kram und dem kleinen Drecksack hätte auch niemand geglaubt, nachdem er den letzten Monat fast wöchentlich versucht hat, seinen Namen in schönstem Braun an die Toilettenwände zu schreiben. Aus ihm wird bestimmt mal ein Künstler!

»Nein, Maurice braucht keine Windeln mehr, der kann ganz toll alleine aufs Töpfchen, nicht wahr, Maurice? Jaaa, du bist schon ein ganz Großer bist du, nicht? Ein ganz Großer!«

Fickt euch, ihr Bumsbirnen von Eltern! Euer Sohn ist ein widerliches Arschloch! Und das sagt euch der Mensch,

61 Ich habe das Bedürfnis, nochmal zu erwähnen, dass es einen Unterschied zwischen mir und dem lyrischen Ich gibt.

der mit dem Gedanken spielt, sich einen putzigen Stoffbären beim Wichsen über den Penis zu ziehen! Nochmal für Protokoll, ich hab mich dagegen entschieden, aber der Gedanke war da!

Das einzig Positive an der ganzen Sache ist jetzt, dass meine Freundin mir auch ein Bild zugeschickt hat. Aus dem Bestattungsunternehmen. Und ich sag mal so ... Ich bin nicht der Einzige, der für dieses Bild steif geworden ist.

Naja, ich darf mich jetzt beruflich umorientieren. Vielleicht schreibe ich meine Bewerbung an den Betrieb meiner Freundin. Da schreit wenigstens niemand.

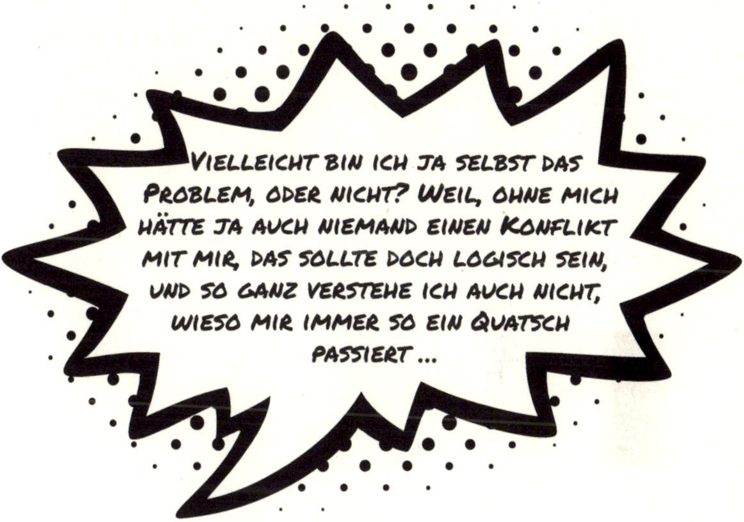

Ist irgendwer ausnahmslos mit sich selbst zufrieden? Oder zweifelt ihr eher an euch? Ich denke gerade schon wieder bei jedem Überfliegen dieses Buches darüber nach, ob das hier wirklich alles Sinn ergibt oder ich nicht doch einfach besser diesen Quatsch sein lassen und wieder vernünftig arbeiten sollte. Es fällt mir schwer, mit Überzeugung zu sagen, dass etwas schon ganz gut so ist, wie ich es mache. Wenn Menschen sich mal nicht melden oder einfach schlechte Laune haben, dann bin ich mir sicher, dass es an mir liegen muss. Und dann streite ich mich mit den fiesen, kleinen Stimmen in meinem Kopf, die mir genau das einbläuen wollen. Ein ständiges Hin und Her zwischen diesem fiesen Flüstern, das mir andauernd ein »Tja, Malte, das konnte ja nichts werden. Du hast es mal wieder verbockt! Dann sieh mal zu, wie du aus dem Mist wieder rauskommen möchtest!« vorhält, und meinem rationalen Denken, das nur ein stoisches »Halt dein Maul! Das stimmt doch gar nicht!« entgegensetzen kann.

Konflikte mit sich selbst sind bei mir also an der Tagesordnung. Aber glücklicherweise habe ich im Schreiben auch ein Ventil gefunden, um diese fiesen Gedanken aus meinem Kopf zu bekommen. Mit dem Ergebnis dürft ihr euch jetzt auf den folgenden Seiten herumschlagen. Natürlich schaffe ich es auch hier nicht ganz, mich vom Quatsch zu verabschieden, und zusätzlich zweifle ich immer wieder daran, ob diese Texte wirklich von irgendwem gelesen werden sollten ... Aber jetzt sind sie in diesem Buch und ihr habt es selbst in der Hand, ob ihr einen kleinen Ausflug in meine Hirnwindungen mitnehmen wollt oder einfach direkt zum nächsten Kapitel springt.

Drei Wörter

Drei Wörter, die die Welt bedeuten könnten. Aus dem Nichts versetzen sie einem einen Schlag in die Magengrube, der sich allerdings gar nicht schlecht anfühlt. Es fühlt sich eher an, als würde gerade jemand die Raupen in den Bauch pflanzen, die irgendwann zu Schmetterlingen werden. Das war auch der Fall, als ich diese drei Wörter auf meinem Handy lesen durfte.[62]

»Ich liebe dich«, stand in dieser SMS von einem Mädchen, mit dem ich eigentlich noch gar nicht so viel zu tun hatte. Mir blieb also nichts anderes übrig, als den Sachverhalt durch konkretes Nachfragen zu klären. Ich schrieb: »Ähm … Hä?«

Zwei Wörter, die meine aktuelle Gefühlslage perfekt beschrieben. Was folgte, waren Minuten der Ungewissheit. Ich habe gelernt, immer nur von mir selbst zu sprechen und nicht davon auszugehen, dass mein Empfinden auch für andere gilt. Aber ehrlich gesagt, ist das in manchen Situationen einfach völliger Bullshit. Ich weiß nämlich genau, dass viele nach einer Nachricht, wie ich sie vorhin geschrieben habe, ebenfalls anfangen, Szenarien durchzu-

62 Das ist übrigens der Text, mit dem ich das erste Mal in meinem Leben auf einer Poetry-Slam-Bühne stand. Mittlerweile trage ich den nicht mehr vor, aber damals hat es mir sehr gutgetan, und ich bin froh, diesen Text hier teilen zu dürfen.

spielen. Und da die Bandbreite an möglichen Szenarien recht groß ist, ist es genauso schwer, vorherzusagen, wie es mir dabei gehen wird. Von Kopfschütteln über Ohrensausen bis zu spontanem Brechreiz ist alles drin. Und diese Fülle an Möglichkeiten machte mich wahnsinnig. Und nervös. Und ich merkte, dass jetzt Raupen in meinem Bauch krabbelten, von denen mir leicht übel wurde. Bis endlich die Antwort kam: »Ups, sollte an meinen Freund.«

Diesmal kein Schlag in die Bauchgegend, sondern mit einer imaginären, flachen Hand vor die Stirn. Die Raupen verschwanden und es entstand eine kleine Leere. Ich meine, natürlich, wenn eine Person einer flüchtigen Bekanntschaft so früh schon ein »Ich liebe dich« schreibt, hat sie wahrscheinlich nicht unbedingt alle Latten am Zaun oder ziemliche Bindungsprobleme oder wirft mit drei Worten um sich, die die Welt bedeuten könnten, bloß anscheinend nicht für sie. Dementsprechend war es ganz gut, dass die Worte nicht an mich gerichtet waren, aber trotzdem ...

Drei Wörter, die die Welt bedeuten, sorgen allein schon dafür, dass Sorgen kleiner werden, ein langweiliger Tag schneller vorbeigeht und Probleme einen durch ein Meer aus Watte einfach nicht mehr hart treffen können. Die Raupen sind nämlich nicht ganz verschwunden. Sie haben sich verpuppt und sind irgendwann als Schmetterlinge geschlüpft, weil sich irgendwie doch alles so gefügt hat, dass die Wörter, die anfangs lapidar in einer SMS standen, ehrlich zueinander gesagt wurden. Situationen, die man eigentlich lieber für sich behält, werden zu Geschichten, die einen zusammenschweißen und die später immer wieder hervorgekramt werden, um sich selbst vor Augen zu führen, was doch alles gemeinsam erlebt wurde. Romantisiert wird vom ersten Gespräch erzählt, auch wenn es einfach nur darum ging, dass ich mir in einem kaputten Dixi-Klo aus Versehen auf den Schuh gepinkelt habe.[63] Denn es war der erste Baustein, der dazu führte, dass drei Wörter die Welt bedeuten und verändern können. Der erste Baustein, auf den viele weitere folgten. Die tröstende Schulter nach einer Beerdigung, die helfende Hand nach einer durchzechten Nacht, die Haare, die ich aus dem Gesicht halten durfte, die kleinen Streitigkeiten wegen eines Schlafzimmers, das aussieht, als wäre eine Fassbombe voller Klamotten dort explodiert. Alles Bausteine, die in positiver Erinnerung bleiben, weil sie einfach dazugehören. Genau, wie es im Übrigen auch dazugehört, in so einer Phase für die besten Freunde eine einzige riesige Nervensäge zu werden, da es selbst bei größter Anstrengung selten klappt, den jeweiligen wunderbaren Mitmenschen nicht tausend Mal zu erwähnen. Überall sehen wir eine Verbindung und wollen auch unbedingt, dass alle anderen diese Verbindung sehen, ob sie wollen oder nicht. Verliebte Menschen sind nervig. Richtig nervig. Nur nicht für sich selbst und das ist okay so, da wahrscheinlich viele Menschen beide Seiten dieser Medaille kennen.

Drei Wörter, die die Welt bedeutet haben. Und ohne dass es einem wirklich bewusstwird, dass es passiert, hat sich die Bedeutung völlig verändert. Ich stehe vor der Wahl, die Worte auszusprechen, ohne dabei aber das gleiche zu meinen wie noch vor ein paar Jahren. Oder ich spreche sie nicht mehr aus. Schon als Kind wird uns beigebracht, dass Worte in der Lage sind, einen Menschen schwer zu verletzen. Was uns nicht beigebracht wird, ist die Tatsache, dass der Verzicht auf Wörter mindestens genauso schmerzhaft sein kann, auf Dauer von innen aufzehrt, und zwar beide betroffenen Personen. Und trotzdem bietet sie auch die Chance für einen neuen Start,

63 Ereignet hat sich das im Gästeblock des Stadions von Erzgebirge (Wismut) Aue in Sachsen, wo es außerdem unfassbar leckeren Nudeltopf gab. Solltet ihr mal im Erzgebirge sein, ist das nicht die schlechteste Mahlzeit!

neue Möglichkeiten, Veränderung. Positive Sachen, die uns allerdings eine sehr lange Zeit nicht positiv erscheinen wollen, da uns drei wichtige Wörter fehlen. Wörter, die vor nicht allzu langer Zeit und doch einer gefühlten Ewigkeit die Welt für uns bedeutet haben. Erst nach einiger Zeit wird uns klar, warum sich Dinge so entwickelt haben, wie sie sich entwickelt haben. Uns wird klar, was wir vielleicht hätten anders machen können, und wir überlegen, warum wir das nicht getan haben, wieso uns das nicht eher aufgefallen ist. Bis der Gedanke kommt, dass wir es vielleicht nicht getan, nicht gemerkt haben, weil wir unbewusst nichts mehr retten wollten oder konnten.

Aber was genau wollen wir eigentlich retten? Die Beziehung zu einem Menschen? Muss man etwas wirklich retten, wenn man sich ernsthaft vor Augen führt, welche Bedeutung jemand für uns hatte? Verschwindet dieser Stellenwert eines Menschen von jetzt auf gleich, wenn wir immer ehrlich zu uns selbst waren und auch dem Gegenüber nichts vorgegaukelt haben? Wenn wir uns fragen, was wir hätten anders machen können, dann doch vor allem, um die Bedeutung dreier Wörter zu retten. Fokussieren wir uns auf den Menschen, der uns so lange wichtig war, dann brauchen wir eigentlich nichts retten, sondern müssen nur etwas aufrechterhalten. Denn Wörter kehren wieder und mit ihnen auch die Raupen und Schmetterlinge.

Gut gelaunt

»Einen Menschen zeichnet genauso sehr das aus, was er nicht kann und was er an Macken zu bieten hat, wie das, worin er wirklich gut ist. Ich habe wirklich viele Schwächen. Das gebe ich gerne zu. Nicht so einen Quatsch von wegen ›Ich bin zu perfektionistisch‹ oder ›Ich bin immer überpünktlich bei einem Termin und schlafe deswegen schlecht‹, denn, ganz im Ernst, das sagt man doch nur, weil die tatsächlichen Schwächen Angst machen oder man nie gelernt hat, zu den eigenen Macken zu stehen. Ehrliche Schwächen wären so etwas wie ›Ich muss immer pupsen, wenn ich kichere‹ oder ›Wenn ich im Auto nicht vorne sitze, reiher ich den kompletten Innenraum voll‹ oder ›Ich weiß nicht, wie man Interieur schreibt,[64] und nutze deswegen immer das Wort Innenraum‹. Das sind doch die Sachen, die man von einem Menschen wissen will, wenn man ihn kennenlernt, oder nicht? Das sind die Sachen, auf die es ankommt, wenn man lange Zeit mit einem Menschen verbringen muss. Da ist es doch wichtig, offen zu sein.

Ich kann von mir selbst behaupten: Ich bin die Krone der Erschöpfung. Ich schlafe lange, kann mich nur schwer motivieren und arbeite sehr langsam, außer mir gefällt eine Sa-

64 Ich war mir wirklich nicht sicher, aber zum Glück gibt es ja das Internet.

che wirklich sehr gut, dann lasse ich mir noch mehr Zeit, um auch wirklich etwas davon zu haben, bis sie mir völlig zum Hals raushängt und ich sie gar nicht mehr aushalten kann. Ich kann nicht auf Leitern steigen, weil ich ständig Angst habe, dass sie umfallen oder irgendein Frechdachs vorbeikommt und dagegentritt und dann würd ich auf dem Boden liegen wie eine umgedrehte Schildkröte und vor Schmerz stöhnen und niemand würde das sehen, weil es mir zu unangenehm ist, jammernd und zitternd vor anderen Menschen auf eine Leiter zu steigen. Aber zum Glück haben die Menschen sich ja irgendwann eher auf Treppen geeinigt.

Ich bin der festen Überzeugung, dass ich eine Superkraft habe. Ich bin mir sicher, dass ich mit einem Fingerschnipsen Dinge von einem anderen Ort herteleportieren kann, damit sie direkt vor mir auftauchen. Das Problem ist nur, dass ich nicht mit den Fingern schnipsen kann. Wenn ich den Handschuh mit den Infinity-Steinen bekommen würde, bräuchte sich niemand Sorgen machen, dass ich die halbe Menschheit auslösche, weil ich einfach nicht damit schnipsen könnte. Es gab tatsächlich auch Menschen, die dachten, ich habe kein Taktgefühl, weil ich nicht angemessen mitschnipsen konnte. Aber das stimmt auch gar nicht, ich hab ein super Taktgefühl, ich hör den nur nicht immer so gut raus. Und wenn ich schnipsen könnte, würdet ihr das auch sofort merken, wenn auf den Beat von Gigi D'Agostinos ›The Riddle‹ ständig Schränke und Stühle vor euch auftauchen würden. Und jetzt erklärt mir bitte nicht, dass Schnipsen doch super einfach ist und ich einfach nur ›so‹ machen muss. Glaubt mir, ihr seid nicht die Ersten, die das versuchen. Ich kann dafür mit einer Hand klatschen. Beidhändig. Also lasst mich in Ruhe, es ist blöd genug, dass ich meine Umzüge nicht einfach mit meiner Superkraft lösen kann.[65]

65 Sollte ich irgendwann mal in einer »SAW«-ähnlichen Misere lan-

Meine größte Schwäche ist aber mit Abstand, dass ich nichts traurig sagen kann. Ich habe immer einen dezent fröhlichen Klang in meiner Stimme, völlig egal, über was ich gerade rede.[66] Das macht natürlich vor allem Probleme im Freundeskreis. ›Dein Opa ist gestorben? Ha, das ist ja meeega doof. Aber so sind sie halt, die alten Menschen. Wahnsinn. Sterben einfach weg.‹ Wer das nicht einordnen kann, der hat natürlich so seine Problemchen mit mir. Deswegen bin ich auch kein Arzt geworden. Wenn ich jemandem erzählen müsste, dass er oder sie eine schlimme Krankheit hat ... Das könnte ja nicht gut gehen.

›Sorry, Sie haben Krebs. Schade Schokolade!‹

Das Dümmste an der Geschichte ist ja, dass mir das am Anfang gar nicht aufgefallen ist. Ich dachte einfach: ›Ja gut, Pech gehabt, mehr Zeit für mich.‹ Aber auf Dauer war das natürlich nix. Erst beim Theaterspielen ist mir das wirklich selbst bewusst geworden. ›Titanic‹. Ich hatte die Hauptrolle, klar, ha, und wir haben die ikonischsten Szenen des Films nachgestellt. Auf jeden Fall lag Rose auf der Tür und sagte ihr ständiges ›Mir ist so kalt‹ und ich konnte nicht anders, als immer wieder ›Ach, witzig, bisschen fröstel ich auch, würd ich sagen‹ von mir zu geben, was natürlich so gar nicht funktioniert hat. Ich mein, ich sollte zittern und bibbern und so einen Quatsch. Was war die Regisseurin sauer! Aber ich konnt einfach nicht anders. Da ist mir dann aufgefallen: ›Oha, Malte‹, is mir da aufgefallen, ›ich glaub, du hast da so ein kleines Problemchen‹, wobei es eher ein Problem für andere als für mich ist, ich mein, mir geht's ja super. Darum müsst vor allem ihr damit leben, aber des-

den und müsste schnipsen, um mein Leben oder das anderer Menschen zu retten, entschuldige ich mich jetzt schon mal für den Ausgang der Situation.

66 Dieser »Vorwurf« wurde mir tatsächlich schon gemacht, das frohe Gemüt ist aber vor allem dafür da, um die psychischen Probleme geschickt zu verstecken, hihi.

wegen sag ich es ja auch jetzt, bevor ihr euch nachher denkt ›Ach du gute Güte, wen haben wir uns hier nur ins Haus geholt?‹ und dann könnt ihr euch drauf einstellen und ich sehe ansonsten nix weiteres, weswegen das mit uns hier nicht klappen sollte, oder?«

»Ähem ... Herr Küppers, wir wollten einfach nur drei Schwächen von Ihnen hören.«

»Ja gut, das waren jetzt insgesamt sechs, würd ich sagen, aber ich konnte mich da einfach nicht entscheiden, weil ich alle ja schon auch irgendwie witzig finde, und die gehören ja auch alle irgendwie zu mir und da konnte ich die so schlecht gegeneinander aufwiegen, aber im Großen und Ganzen haben Sie jetzt doch einen super Eindruck von mir, oder?«

»Das stimmt. Und leider sehen wir Sie nicht in unserem Bestattungsunternehmen. Gerade im Kundenkontakt würde das zu größeren Problemen führen.«

»Och ... Das ist aber schade. Haben Sie viele Leitern in ihrem Lager?«

»Das ist es nicht ... Aber wenn Sie unbedingt wollen: In der Leichenhalle wäre auch noch eine Stelle.«

»Hui, das klingt ja richtig super! Das nehm ich. Dann sehen wir uns da ja auch bald auf dem Tisch, nicht wahr? Schön. Vielen Dank!«

Von Beruf jugendlich

»Essen!«, brüllt Wilhelm und zeigt auf die Brüste seiner Mutter. Wilhelm ist nämlich nicht, wie es der Name vermuten lässt, ein dementer Mann im Altenheim, sondern der kleine Sohn einer alten Schulfreundin, die ich gerade besuche. Ich, der von allen immer gesagt bekommt, was für ein toller Vater er doch wäre bei einer Freundin, der ich zu Schulzeiten niemals zugetraut hätte, eher sesshaft zu werden als ich.

Geplant hatte ich das auch definitiv anders. Irgendwie mit 30 oder so, da könnte man ja mal ein Kind in die Welt setzen, ein kleines Haus kaufen. Aber Leben lässt sich nicht planen, zumindest nicht, wenn man seinem Bauch und Herzen anstelle des Kopfes folgt und Entscheidungen trifft, die langfristig vielleicht blöd sind, sich für den Moment aber einfach gut anfühlen. Jetzt bin ich über 30 und fühle mich alles – nur nicht erwachsen. Eher so jugendlich-kindlich. Und damit geht es mir die meiste Zeit auch gut, wenn mir nicht gerade vehement vor Augen geführt wird, dass ich doch eigentlich mal konkret das Leben anpacken sollte.

»Wie sieht es eigentlich mit einer möglichen Schwiegertochter aus?«

»Was macht die Liebe?«

»Ich habe mir ja jetzt ein Haus gekauft.«

Und ich weiß nicht, wie ich darauf reagieren soll. Wenn ich eine Frau kennenlerne, stelle ich mir als Erstes die Frage, ob ich sie wirklich in meine Zwei-Zimmer-Wohnung einladen möchte, denn erfahrungsgemäß hat sich gezeigt, dass »Star Wars«-Bettwäsche und Pokémon-Figürchen in den Regalen nicht unbedingt Argumente für eine langfristige Beziehung liefern.[67] Wer das kann und wer das braucht, mag fest im Leben stehen und damit auch glücklich werden. Aber ich fühle mich eher jugendlich als erwachsen und verstelle mich nicht. Wenn alte Bekannte aus der Schulzeit heiraten, dann möchte ich weiterhin derjenige sein, der beim Weg der Braut zum Altar den Imperial March summt. Nur, dass ihr das Summen ersetzen dürft durch lautstarkes Gröhlen und dabei rhythmisch auf den Boden stampfen. Und sowas fänden mit Sicherheit auch alle witzig, bis auf die Braut zumindest, da alle irgendwo noch gerne irgendwie jugendlich und nicht erwachsen wären. Nur trauen sie sich nicht und ich weiß nicht, warum. Ich muss es nicht wissen, da ich dieses Problem nicht habe, und doch bin ich es, der sich dafür immer wieder erklären muss.

Ich rede mich mittlerweile sogar damit raus, dass ich mir diese Eigenschaften für meinen Beruf bewahre. Wenn ich mit Kindern arbeite, muss ich ja schließlich auch wissen, was gerade bei ihnen so abgeht. Ich bin also nicht nur Sozialarbeiter, sondern vor allem Berufsjugendlicher. Aber das ist nur die halbe Wahrheit. Ich bin nicht von Beruf Jugendlicher, sondern Jugendlicher aus Berufung. Ich MUSS nicht mit den Kindern über die neuste Staffel »Adventure Time« debattieren, ich WILL mir den Kram selber anschauen, samstags morgens, zwar verkatert, da manche

67 Mittlerweile kann ich bestätigen, dass auch so ein toller Mensch gefunden werden kann, mit dem ich halt zwei Katzen statt zwei Kindern großziehe.

Sachen für Erwachsene eben doch auch ganz witzig sind, aber trotzdem mit einer großen Schüssel Kellog's auf dem Schoß.

Wilhelm hat nun, während ich diese tiefgründigen Gedanken hege und mich nicht entscheiden kann, ob Smacks oder Frosties der geilere Scheiß sind,[68] seinen abendlichen Snack bekommen und schlummert friedlich mit seinen kleinen Wurstfingern im Mund. Seine Mutter wirkt erschöpft und beschwert sich, dass sie ihn mal langsam abstillen sollte, um sich endlich mal wieder richtig die Kante geben zu können. So viel anders ist sie eben doch nicht geworden.

Und vielleicht muss ich das auch nicht. Vielleicht erzählt man mir, dass ich ein guter Vater wäre, weil ich halt so bin, wie ich gerade bin. Eben weil ich einerseits Kellog's mampfend die neue Folge »Ninja Turtles« schaue, mich aber auch intensiv damit beschäftige, wie physikalische Gesetze bei »Rick and Morty« funktionieren. Weil ich einerseits einen ganzen Tag auf der Couch liegend Videospiele zocken kann, andererseits aber auch darüber debattiere, ob Wario antisemitische Stereotype erfüllt (was er übrigens wirklich tut).[69]

Ich will weiterhin durch meine Wohnung hüpfen, das Lied der Gummibärenbande auf den Lippen, Seifenblasen hinterherjagen und versuchen, die größte von allen hinzubekommen. Ich will weiterhin Wettbewerbe ausführen, wer die meisten Pokémon aufzählen kann, und steche mir auch noch den Rest meiner Haut mit Cartoon-Figuren zu.

Wieso sollte ich keinen Spaß an dem haben, was mir Freude bereitet, weil die Freunde meiner Kindheit das völ-

68 Natürlich Smacks, was für eine Frage. Aber ich habe letztens Nougat Bits mit Chocomel gegessen und, liebe Leute, das war eine Offenbarung!

69 Hakennase, Geldgier, spitze Schuhe, ich bitte euch! Was soll das, Nintendo?

lig anders regeln und mich mit leicht verstörten Blicken mustern? Die gleichen Blicke bekommen sie von mir zurück, dafür, dass sie ihr Leben lang in einem kleinen Dorf gelebt haben und dort auch weiterhin leben werden, die Welt nicht erschließen und vielleicht auch gar nicht im Ansatz verstehen. Wo bleiben die Abenteuerlust und die Freude am Verrückten? Wieso gibt es dieses Unverständnis für Sachen, die Kinder einfach machen, weil sie eben Kinder sind? Und wieso sollte ich nicht mit aufrichtiger Begeisterung einem Kind vermitteln können, dass es selbst entscheiden darf, wer oder was es sein mag?

Ich meine, wozu hat der Verzicht auf solche Sachen denn schon geführt? Was haben strenge Erziehung und Angst vor allem Neuen in der Vergangenheit bewirkt? Distanzierte Beziehungen zu unseren Familien, Furcht, Ausgrenzung. Die deutsche Geschichte ist mit Sicherheit kein Paradebeispiel für den Nutzen von Disziplin und Ordnung.

Ich bin über 30 und fühle mich alles, nur nicht erwachsen. Aber was zum Geier ist schlimm daran? Ich bin jugendlich-kindlich aus Berufung, habe nicht vor, daran in nächster Zeit etwas zu ändern, und sehe mich trotzdem in der Lage, meinen Mitmenschen, egal, ob groß oder klein, jung oder alt, etwas mitzugeben. Und wenn es nur ist, dass selbst die größten Spießer plötzlich mit leidenschaftlich lodernden Augen das »Digimon«-Titellied mitsingen, weil sie es sonst nie können … denken sie zumindest.

Leb deinen Traum, denn er wird wahr! Geh deinen Weg, stelle dich der Gefahr! Alles, was wichtig ist, wirst du erkennen, wenn die Zeit gekommen ist …

Wichtig ist, wer du bist, was du magst, was du willst und auch, wer du warst. Also warum rechtfertigen, warum verstecken?

Ich will mal groß und stark sein!

»Ich will mal groß und stark sein!«

Das war mein größter Wunsch, als ich ein kleiner Junge war ... abgesehen davon, ein großer Forscher zu werden, ohne zu wissen, wonach ich denn forschen will, und abgesehen davon, dass ich gerne von einer radioaktiven Spinne gebissen werden wollte, um mich durch Häuserschluchten schwingen zu können.

Aber groß und stark, das war etwas anderes. Das war tiefer. Das wurde mir von klein auf gesagt. Als ich mich mal in einen Busch voller Brennnesseln geschmissen hatte, weil ich mir nicht mehr sicher war, wie weh das tut, sagte meine Mutter mir zwar, dass auch Jungs ruhig weinen dürften (was ich ausgiebig tat, ich war schließlich in einen Brennnessel-Busch gesprungen ...), mein Vater hingegen kurz darauf, dass ich da aber auch langsam mal durch müsse.

»Malte, hör auf, zu zimpen, du bist doch ein starker Junge! Malte, iss deinen Teller auf, üb weiter Fußball, geh weiter schwimmen, trainier deinen Schuss, bleib im Verein, iss doch die Erbsen noch, damit du groß und stark wirst!

Damit du groß und stark wirst ... groß und stark wirst ... groß und stark ... **GROẞ ... und STARK!**«[70]

Aber machen wir uns nix vor: Ich war ein Lauch als Kind. Im Sport als Letzter gewählt und beim Sportfest Stammgast für die Teilnehmerurkunden. Denn Fußball spielen konnt ich nie und schwimmen wollte ich nicht mehr.

Nur essen ... Das konnte ich. Und so wurde ich zwar nicht stark, aber immerhin groß. Wenn auch nicht immer in die Höhe. Ich hätte an einem Tag mit Popeye als Vorbild so viel Spinat futtern können, dass ich danach mehr grünes Zeug erbrochen hätte als das Mädchen aus »Der Exorzist«.

Wenn es darum ging, das Pausenbrot beim Armdrücken zu verwetten, schob ich mir lieber direkt die komplette Stulle in den Mund. Das war weniger demütigend. Aber was ich nicht in den Armen hatte, hatte ich im Köpfchen. Denn meine Noten in allen anderen Fächern konnten sich sehen lassen, die ließen mich wachsen. Da war ich gut. Und ich begann, mir klarzumachen: Stärke hat nicht unbedingt etwas mit den Muskeln zu tun. Wahre Stärke kommt von innen!

Kleiner Tipp: Sowas solltet ihr nie einem anderen Menschen sagen. Wenn ihr irgendwem sagt, dass die wahre Stärke oder Schönheit von innen kommt, macht ihr nur deutlich, dass die Person in euren Augen nach außen hin ein Lappen und potthässlich ist.

Also bildete ich mich. Ich bildete Wissen und bildete mir eine Meinung. Ich stand für meine Positionen ein und fühlte mich unumstößlich. Wenn ich diskutierte, war ich unumstößlich. Wenn ich für meine Überzeugung angegriffen wurde, war ich unumstößlich. Als meine körperlichen

70 Das wird natürlich nicht nur über die Familie vermittelt, sondern über gefühlt alle Medien, die wir so konsumieren können. Innerhalb der Familie haben sich irgendwann auch alle damit angefreundet, dass ich eher sensibel bin.

Grenzen überschritten wurden, war ich unumstößlich. Als ich emotional aufgewühlt war, hielt ich an meinem Weltbild fest und war unumstößlich. Ich war wie ein starker Baum, einzementiert in meinen Überzeugungen ... bis ich einknickte. Ich zerbrach.

Ich sollte groß und stark sein, wurde mir immer gesagt.

Ich wusste nur nie, wie schwer mir das fallen könnte. Ich fühle mich unsicher und habe Angst, wenn ich es nicht schaffe, meine Schwäche schnell zu überwinden. Denn manchmal geht das einfach nicht. Das überfordert mich. Ich weiß nicht, wie ich mit meinen Schwächen umgehen soll, weil das der eine Punkt war, der mir nie erklärt wurde.

Denn neben einem »Es ist okay, zu weinen« habe ich immer nur gehört, dass ich es eben durchstehen muss, bis es vorbei ist. Nicht, was das mit mir macht oder wie ich damit umgehen kann.

Denn manchmal geht das nicht so einfach. Und ich leide darunter.

Mittlerweile habe ich einen Menschen an meiner Seite, bei dem ich das erste Mal wirklich spüre, nicht immer stark sein zu müssen. Bei dem ich nicht immer groß sein muss. Ein Mensch, der mir Kraft spendet, wenn sie mir fehlt, mir zuhört und dem ich bodenloses Vertrauen entgegenbringen kann, weil er mich auffängt, wenn die Unsicherheit mich umwirft.

Und trotzdem habe ich Angst davor, weil sich das Gefühl entwickelt, dass ich für den Menschen an meiner Seite nicht mehr da sein kann. Das Gefühl, dass ich es nicht schaffe, meine Rolle zu erfüllen. Und die Angst steigt weiter, den Menschen an meiner Seite zu verlieren, wenn ich das nicht sein kann, obwohl ich doch weiß, dass das völlig unbegründet ist, und die Unsicherheit wächst und die Spirale dreht sich weiter und weiter und weiter nach unten und will nicht aufhören.

Ich sollte groß und stark sein, wurde mir immer gesagt. Und ich war mir sicher, dass ich das geschafft hatte. Doch manchmal geht das einfach nicht. Das weiß ich und wollte es trotzdem nicht einsehen.

Ich weiß, dass ich meine schwachen Seiten zeigen kann. Dass ich nicht immer stark sein muss. Dass der Mensch an meiner Seite auch für mich stark sein kann. Ich habe nur nicht gelernt, wie das geht. Ich fühle mich wie ein Mensch, dem man kurz ein paar Tutorials für Kartentricks gezeigt hat und der dann plötzlich gesagt bekommt: »Hier, Las Vegas, du musst einspringen, sonst fällt die Show aus! Da liegt die Frau, hier hast du ne Säge, viel Spaß!«

Dabei brauche ich vor allem Zeit und Hilfe.

Der kleine Junge in mir wünscht sich noch immer lautstark: »Ich will groß und stark sein!« Und ich will ihm diesen Wunsch auch erfüllen. Doch die Stärke kann nur kommen, wenn ich meine Schwächen ernst nehme. Stärke und Größe sollen für mich bedeuten, für sich und andere einzustehen, offen und ehrlich zu sein und seine Unsicherheiten so zu akzeptieren, wie sie sind. Und das muss ich lernen – aber nicht allein![71]

71 An dieser Stelle auch ein absolut ernst gemeinter Hinweis: Wenn euch etwas zu schaffen macht, ihr psychisch belastet seid, scheut euch nicht davor, euch Hilfe zu suchen, im besten Fall sogar professionelle bei Therapeut*innen!

Morgendliche Beschwerden

Ein zaghafter Schritt aus dem Bett, kurz die Boxershorts aus dem Hintern ziehen, es fröstelt leicht an Bauch, Rücken, Beinen, Füßen. Klamotten raussuchen lohnt sich nicht, es ist gerade 7 Uhr in der Früh, eine absolut unmenschliche Zeit, zu der nur Kinder und alte Menschen ihren Tag starten und damit jedem normalen Lebewesen unfassbar auf die Nerven gehen. Aber wenn die Natur ruft, dann muss der Weg zum keramischen Thron angetreten werden.

Im Flur dann das bekannte Knarzen des Parkettbodens, der seit jeher so wellig aussieht, als hätte ihn ein besoffener Pavian mit den Füßen verlegt. Aber so besoffen war mein Vermieter gar nicht. Trotzdem ist es nahezu unmöglich, diesen Flur geräuschlos zu durchqueren, so sehr ich es auch versuche. Kommando Schleich also weiter. Keine Ahnung, wieso ich schleiche. Aber Menschen fangen auch an, zu flüstern, wenn der Raum abgedunkelt ist, selbst wenn es dafür keinen Grund gibt. Schritt um Schritt, Knarz für Knarz, lege ich meine Hand auf die Klinke der BadezimmertürRRRING!

Ich bin dezenter Soziophobiker. Der Kontakt mit Menschen stresst mich meist. Wenn es also klingelt, stelle ich mich tot. Niemand zu Hause. Ich bin wie der pawlowsche Hund, nur fange ich bei einer Glocke nicht an, zu sabbern, sondern erstarre wie ein kleines Reh vor den Scheinwerfern meines Wagens. Klingelt das Telefon, schaue ich regungslos auf das Display, bis die anrufende Person aufgibt. Welcher Mensch, der halbwegs bei Sinnen ist, telefoniert im 21. Jahrhundert noch? Wenn es wichtig war, spricht der- oder diejenige schon auf die Mailbox. Ansonsten soll man mir schreiben. Als Kellner wurde ich entlassen, weil ich beim Glöckchen für das fertige Essen regungslos im Gang stehen blieb. Die Mikrowelle muss ich immer eine Sekunde vorm finalen Ping öffnen. Ein Tinnitus würde meinen Organismus komplett lahmlegen. So auch jetzt. Schockstarre. Keine Bewegung.

Es hat jemand geklingelt! An der Türe. An der WOHNUNGSTÜRE![72] Schemenhaft lassen sich nämlich die Schatten zweier Füße unter ihrem Schlitz ausmachen. Jedes Zucken eines Muskels könnte ein erneutes Knarzen auslösen und meine Anwesenheit verraten. Und wie unangenehm wäre es, die Tür öffnen zu müssen, wenn die Person auf der anderen Seite weiß, dass man gerade mehrere Minuten regungslos und halbnackt im Flur stand? Weiß sie schon, dass ich hier stehe? Hat sie geklingelt, weil sie das Knarzen schon vorher wahrgenommen hat? Ich sterbe innerlich bei diesem Gedanken. Aber vielleicht denkt sie ja irgendwann, dass sie sich getäuscht haben muss. Und ich muss noch immer aufs Klo.

Ich gerate ins Schwitzen. Kalter Angstschweiß, der langsam über meine Stirn zur Nase und weiter zur Spitze läuft. Schielend merke ich, der Tropfen wird fallen. Panik. Das wird knarzen! Ein Geräusch und alles war umsonst. Wie in Zeitlupe sehe ich meine Körperflüssigkeit von der Nasenspitze Richtung Boden fallen, mein Mund formt ein lautloses

72 Das heißt, nicht an der Haustüre, wo ich mittlerweile eine Gegensprechanlage habe. Die benutze ich aber auch nie, das ist schließlich fast wie telefonieren!

»Neeeeeeeiiiiiii...« – RRRRIING! Ein weiteres Klingeln, punktgenau zum Zerplatzen des Tröpfchens auf dem Boden.

Was sind das für Menschen, die an einer Türe stehen, klingeln und sich, anstatt die Erkenntnis wachsen zu lassen, dass eventuell niemand da ist, denken: »Ich klingel nochmal. Vielleicht hat das erste Mal ja niemand gehört.« Ein Geräusch, das durch Mark und Bein geht. Aufschreckender als das Geschrei eines Babys im überfüllten Regionalzug. NATÜRLICH ÜBERHÖRE ICH DAS! Und ich muss noch immer aufs Klo.

Das Spiel war also wieder auf Null gesetzt. Die Wartezeit auf Reset. Wie lang wartet ein handelsüblicher Mensch vor einer Türe, bis er zur Erkenntnis kommt, dass sie nicht geöffnet wird? Zwei Minuten? Drei Minuten? Die Erklärung relativen Zeitempfindens liegt in diesen Momenten. Und ein neues Klingeln setzt den langgezogenen Kaugummi der Minuten wieder auf Null. Großartig. Auch mein Gegenüber wird unruhig. Ich höre die Person mit der Fußspitze auf dem Boden trippeln, entnervt stöhnen. Ich höre ... ssssssssss. Eine Fliege. Ernsthaft? Die Natur hat sich gegen mich verschworen. Ein kleiner Plagegeist, der um meinen Kopf herumsurrt, ohne dass ich die Möglichkeit habe, sie zu verscheuchen.[73] Durch dezentes Pusten kann ich sie davon abhalten, in meinem Gesicht zu landen, doch ihre Flugkurve beschreibt eine gefährlichere Richtung. Eine Maserung im Parkett scheint entfernt einem Haufen Exkremente zu ähneln. Meine Gesichtsmuskeln beginnen, unkontrolliert zu zucken. Gleich ist es so weit. Gleich wird ein lautes Knarzen den angespannten Faden des Schweigens zerreißen. In einer Sekunde wird es so weit sein und vor der Tü... »BRÜÄRGH!«

73 Wenn mittlerweile Fliegen in die Wohnung kommen, sind es immer richtig dicke Brummer. Ich nenne sie liebevoll »Jürgen«. Aber dazu in einer anderen Geschichte mehr.

Explosionsartig höre ich einen Schwall Erbrochenes sich auf den Boden vor der Wohnungstüre ergießen. Endlich kann ich die Luft holen, welche ich zuvor die ganze Zeit angehalten habe. Die Türe der Nachbarn geht auf und ich höre eine laute Stimme auf dem Flur: »Tina, was soll die Schweinerei denn? Du wohnst eine Etage weiter oben! Ich bring dich erst mal hoch und danach machen wir die Sauerei hier weg.«

Tina kann nicht wirklich sprechen. Ich glaube nicht, dass sie heute noch irgendetwas wegmachen wird, das scheint sie die Nacht zuvor bereits exzessiv getan zu haben.[74]

Ich höre die knarzende Treppe auf dem Weg nach oben und ich kann endlich aufs Klo.

Über mir höre ich noch die Klingel von Tinas Wohnung und ein ruckartiges Verstummen eines knarzenden Bodens. Das Spiel geht im nächsten Level weiter. Und ich bin zum Glück nicht allein mit meinem Problem.

74 Die Situation, die sich wirklich ereignet hat: Ich musste um 7 Uhr arbeiten, öffnete die Tür und fand meine Nachbarin vor meiner Türe vollgekotzt schlafend. Ich brachte sie nach oben, ihr Ehemann öffnete nach mehrmaligem Klingeln nicht, obwohl ich ihn hinter der Tür hören konnte. Meine Vermieterin, die gegenüber meiner Wohnung wohnte, beschuldigte mich daraufhin, dass ich ja den ganzen Flur vollgekotzt hätte, ohne es wegzuwischen.

Vorsorge

»Oh, ihr wunderbaren Edelsteine. Großer Schatz des Lebens. Gebettet auf sanftester Unterlage, perfekt in Form und Beschaffenheit. Die Mona Lisa der Mutter Natur. Ihr Kronjuwelen, es ist mir eine Ehre, diesen Raum mit euch zu teilen, euch vor meinem Antlitz zu haben, meine unwürdigen Hände auf euch zu legen. Wie ihr wohl schmecken würdet? Wie das edelste Obst aus den hängenden Gärten der Semiramis? So nah, wie ihr mir seid ... vielleicht sollte ich einfach ... Aaaah!«

Ich hatte mir meinen ersten Besuch beim Urologen doch ziemlich anders vorgestellt. Wobei ich mir eigentlich kaum etwas davon vorstellen konnte. Ein Besuch beim Urologen, das war für mich immer eine Sache, die entweder im hohen Alter ansteht oder wenn wirklich etwas im Argen liegen sollte. Und etwas wirklich Arges passiert mir doch nicht. Es gibt genug andere Menschen auf der Welt, die bestimmt vor mir dran wären. Ich selbst bin doch fit wie ein Turnschuh. Was soll da schon passieren? Das denkt man halt.[75] So lange, bis man irgendwann im Bett

75 Vielleicht liegt es zum Teil auch daran, dass ich generell fast nie zum Arzt gehe. Da halte ich es fast wie meine Mutter: Der Arzt wird nur aufgesucht, wenn etwas gebrochen ist oder irgendein Körperteil auf doppelte Größe anschwillt. Und natürlich, wenn ich einen Krankenschein haben will.

liegt, diverse Erwachsenenmedien im Internet konsumiert und sich dann plötzlich fragt: »Warte ... War der Knubbel vorher auch schon da?«, direkt gefolgt von: »Ich fühl mal auf der anderen Seite, ob ich dort auch sowas finde«, um dann nach zwanzig Minuten Herumgespiele an sich selbst zum Schluss kommt: »Moment, ich wollte doch nachfühlen.«

Wenn ich von spät entdeckten Tumoren hörte, dachte ich mir immer, dass es doch kein Problem sein sollte, regelmäßig beim Arzt eine Untersuchung anzupeilen. Was soll schon schief gehen? Entweder man hat nichts oder man findet früh genug, was falsch ist, und kann es dann behandeln. Warten erzeugt die größten Probleme. Wenn man aber plötzlich selbst in so einer Situation steckt, tauchen die unmöglichsten Fragen auf, bevor man einen Termin beim Urologen macht: »Rasiere ich mich vorher? Wie weit vorher sollte ich das tun? Wirkt es so, als hätte ich mich extra für den Termin rasiert? Wenn ich es nicht tue, verklebt das Ultraschallgel sich dann nicht unangenehm in den Haaren? Was, wenn ich eine Erektion bekomme und damit dem Doktor, der vor mir hockt, in die Augen piekse? Was sind das eigentlich für Menschen, die sich hauptberuflich dafür entscheiden, tagtäglich auf alle Formen und Genitalien zu schauen? Wie realistisch ist die »South Park«-Folge, in der alle auf ihren Tumoren sackhüpfend durch die Stadt ziehen? Aber vor allem: Was, wenn da wirklich etwas Schlimmes mit mir ist?«

Schon erstaunlich, wie beruhigend Unwissenheit sein kann. Die Angst davor, eine schlechte Nachricht zu bekommen, kann so viel größer sein als das wohlige Wiegen in Unklarheit. Durch viele Krebsfälle im direkten Umfeld weiß ich, was so eine Diagnose alles auslösen kann. Und das größte Problem dabei ist nicht mal die Behandlung an sich. So wie ich früher in meiner Jugend rumgelaufen bin, sind ein paar Monate ohne Haare locker zu überstehen.[76] Unangenehmer sind vor allem die Menschen um einen herum. Die beste Freundin meiner Mutter kam einmal zu Besuch, als diese gerade Brustkrebs hatte, was folgenden Dialog mit sich brachte:

»Du siehst ja gut aus!«

»Maren ... Ich komme gerade von der Chemo, mir fallen alle Haare aus.«

»Ja, aber wie du abgenommen hast.«

»Maren ... willst du mich verarschen? Ich habe Krebs und kotze mir jeden Tag die Seele aus dem Leib. Von mir aus können wir gerne tauschen.«

»Weißt du, ich hab da letztens ein tolles Buch gelesen. Wenn du Pfirsichkerne zerstampfst und das in Wasser auflöst, hilft das viel besser als diese giftige Chemotherapie.«

»Maren ... halt einfach die Fresse!«[77]

Vorteil des Ganzen: Extremsituationen zeigen dir deutlich, wer in deinem Umfeld ein absoluter Vollidiot ist. Außerdem beruhigt es, zu wissen, dass in vertauschten Rollen die Evolution schon ihren Beitrag leisten wird. Nachteil des Ganzen: Es zeigt auch, wie überfordert das Umfeld mit einer einfachen Diagnose sein kann. Trotz unzähliger Spendengalas für die Krebshilfe, diversen Hollywood-Dramen und Büchern und einer gefühlten Omnipräsenz in der Gesellschaft fällt es vielen Menschen sehr schwer, über diese Krankheit zu sprechen. Und ich versteh das auch. Es ist nämlich ne ziemlich beschissene Situation, seinen Mitmenschen beim langsamen Kampf ums Überleben zuzuschauen. Nur helfen da Zögern und Herumgedruck-

76 Ich hatte silbern glänzende, aber trotzdem etwas zu kurze Baggypants und dazu »Sneaker«, die an der Ferse abgesenkt waren, so dass man in sie schlüpfen konnte wie in ein paar Hausschuhe.

77 Muss ich erwähnen, dass diese Person mittlerweile auch nicht an ein Coronavirus glaubt und Impfungen für generell gefährlich hält? Nicht? Okay.

se am wenigsten. Wenn es denn nämlich mal zu spät sein sollte, wird man sich wünschen, seine Mitmenschen eher und deutlicher zum Arzt geschickt zu haben.

Und deswegen habe ich letztendlich auch diesen Termin gemacht. Bin souverän in die Praxis gegangen und habe gesagt: »Leute, ich hab einen Knubbel am Sack, schaut bitte mal nach!«, woraufhin mir sehr kompetent geantwortet wurde: »Herr Küppers, ziehen Sie die Hose wieder hoch, das hier ist die Rezeption!«

Dort ist allen klar, dass man nervös ist, und dementsprechend behutsam wird auch mit einem umgegangen. Also macht einen Termin, wenn ihr denkt, irgendetwas stimmt bei euch nicht! Sprecht offen mit Freund*innen darüber, die euch unterstützen können! Je offener ihr seid, desto weniger unangenehm ist das Thema für eurer Umfeld. Und alle offenen Fragen werden sich auch für euch klären: Es ist völlig egal, ob ihr euch rasiert. So schnell kriegt ihr keine Erektion. Das Ultraschallgel ist einfach nur verdammt kalt. Generell könnt ihr euch sicher sein: Der Mensch, der euch durchcheckt, wird definitiv schon Seltsameres erlebt haben als eure Untersuchung. Und in den meisten Fällen werdet ihr merken, dass sich ein »Gut, dass Sie so früh hergekommen sind« oder ein »Ist doch alles bestens!« weitaus besser anfühlen als die wohlige Ungewissheit der Ignoranz oder die Selbsttherapie mit Blausäure aus Pfirsichkernen.

Reiben oder Gehen [78]

Textstreet Boys

Vor dir ist ein Gin. Beeindruckend, elegant, magisch.
Du hast nun zwei Möglichkeiten.

Du könntest dir alles wünschen, dir alle Träume erfüllen, Reichtum, Macht, Ruhm, Weltfrieden! Die Welt aus ihren Fugen heben und neu zusammensetzen!

Oder ... du trinkst ihn aus. Mit Tonic Water. Wenn du ihn trinkst, danach breit grinst und einen großartigen Abend hast. Mit Freunden wird gelacht und auf den Tischen getanzt. Es tauchen neue Menschen auf, die dich für einen Abend begleiten und danach in den unendlichen Weiten der Stadt verschwinden, auf dass du sie nie wiedersiehst und es dich trotzdem bereichert hat.

Und falls du denkst, es geht nicht mehr,
... *weil dein Treppenhaus der Mount Everest wird,*
... geschlossene Türen sich als offen tarnen,
... *man den Mund nicht trifft, weil das Glas betrunken ist,*
... man den Mund nicht trifft und der Penis im Auge landet,
... *oder ... Was?*

....

78 Wie der Kneipentext ist auch der hier mit meinem Teampartner Stef entstanden. Lest es also am besten als Dialog, fett gedruckt heißt, beide sprechen, kursiv der eine, nicht kursiv der andere.

... kommt von irgendwo eine Pizza daher, damit du eine gute Grundlage schaffst. Das ist nötig, für die nächsten Stunden in dieser Nacht steht noch einiges auf dem Plan. Von Kneipe zu Kneipe, durch Club für Club, auf der Suche nach dem besten Platz und dem besten Song.

If you wanna be with me
Baby there's a price to pay
I'm a genie in a bottle
You gotta rub me the right way[79]

Vor dir, da steht ein Gin! Reibst du am Behältnis, sind drei Wünsche für dich drin! Trinkst du ihn aus, für den guten Abend, oder vertraust du dem Mythos aus 1001er Sage?

Eigentlich ist das keine Frage, natürlich reibe ich dran! Die Erfüllung all meiner Wünsche gegen eine gute Nacht? Die Antwort ist doch klar ...

Oder nicht?

Drei Wünsche müssen wohl überlegt sein. Unsterblichkeit

– macht einsam!

Mein Hausschwein zurückholen

– wurde gegessen!

Berühmt sein

– Kurt Cobain, Amy Winehouse, Michael Jackson ...

Vielleicht doch lieber eine Superkraft. Zum Beispiel

– in einen Oktopus verwandeln,

nein, eher sowas wie

– scharfe Peperoni vertragen,

nee, ich meine

– spontane Erektionen entstehen lassen.

Das kann ich schon!

....

79 Versucht dazu mal, sexy zu tanzen, wenn ihr NICHT Christina Aguilera seid.

Ich könnte stark werden wie der Hulk oder Krallen bekommen wie Wolverine! Oder Modedesigner sein wie Guido Maria Kretschmer!

Also jetzt wird's albern.

Du singst, du tanzt, du trinkst. Hier eine Flasche, dort ein Shot, mische Jägermeister mit Sambuca und dein Herz geht auf. *Später auch der Mund und alles kommt wieder raus.*

Also ab nach Hause und vor dem Weg ins Bett wird noch der Kleiderschrank mit einer Toilette verwechselt. Zumindest sagt man dir das, du streitest das natürlich ab, doch ganz weit hinten, im Hinterkopf, da merkst du ... Scheiße, da war ja was!

Es ist vergebens, sich an alle Details zu erinnern. Aber du weißt, du bist des Lebens noch nicht satt, willst was erleben, was erreichen, eine Spur hinterlassen. Und dazu braucht man Spaß. Und Gin.

Hinterlassene Spuren verwischen, Zeitreisen zu können, das wärs doch. Dann hätte ich die Katastrophen der Welt verhindern können, wie Fukushima oder Hitler oder Nena. Aber vielleicht wäre die Gegenwart dadurch ja gar nicht besser. Der Film »Butterfly Effect« hat mich zwei Dinge gelehrt:

Erstens: Ashton Kutcher ist als Schauspieler verdammt überbewertet. Und zweitens: Die Vergangenheit zu ändern, kann schwerwiegende Folgen haben. (»Das Leben findet immer einen Weg.«) Vielleicht würden mir 99 Luftballons ja sogar fehlen!

Und selbst wenn nicht, will man die Mündigkeit aller für nur einen Wunsch abgeben?

Mit dem Schnippen eines Fingers alle Probleme aus der Welt zu schaffen, klingt vielleicht schön,

– ist aber sinnlos.

Denn wie kann man etwas wertschätzen, wenn der investierte Einsatz nur das Reiben an einem Gefäß war?

Vor dir ist ein Gin. Beeindruckend, elegant, magisch. Du hast nun zwei Möglichkeiten.

Du könntest dir alles wünschen, dir alle Träume erfüllen.

Oder … du trinkst ihn aus.

Die Entscheidung liegt bei dir, was du mit deinem Schicksal machst. Ich kenne meine Wahl: Denn auch, wenn die Wünsche eine einmalige Gelegenheit sind – ich trink den Scheiß, zerschmeiß das Glas und stürz mich in die Nacht!

Denn ab morgen werden eigene Wunder vollbracht!

Lügen

Meine Mutter sagte immer, sie würde mir alles verzeihen, solange ich immer ehrlich zu ihr wäre. Drei riesige Streits und eine Enterbung später hat sie eventuell gemerkt, dass das nicht ganz der Wahrheit entspricht. Ihr Wunsch, dass ich immer die Wahrheit sagen soll, hat aber trotzdem etwas aus mir gemacht. Mittlerweile bin ich ein verdammt guter Lügner! Für eine gute Lüge gibt es zwei simple Regeln:

1. Halte die Lüge einfach! Je mehr Details du nennst, desto eher verzettelst du dich. Die Geburtstage von fünf imaginären Hunden sind auch dem besten Lügner irgendwann zu viel.
2. Merke dir gut, wem du die Lüge erzählst. Es fällt auf, wenn du derselben Person acht Mal erzählst, dass deine Großmutter beerdigt wird. Außer du hast eine großartige Lüge parat, wieso du sie immer wieder ausbuddeln musstest.

Die Lüge, die jedoch am meisten ausgesprochen wird, ist wohl der Satz: »Sei bitte ehrlich zu mir!« Denn wenn wir mal ehrlich sind, wollen wir die Wahrheit in vielen Fällen gar nicht hören. Wenn ich ehrlich sein muss, würde ich euch sagen, dass ich absolut keinen Bock hatte, dieses Buch zu schreiben. Ich würde sagen, dass ein Großteil von euch mir wirklich am Arsch vorbeigeht. Wahrscheinlich kenne ich dich gar nicht, der du das hier gerade liest. Ich habe dieses »Werk« vor allem geschrieben, weil ich morgen das Geld für den Pizzadienst brauche.[80] Da bietet es sich einfach an, dass ich ein kleiner Egozentriker bin, der ganz gut damit umgehen kann, Menschen seine Texte in gedruckter Form anzudrehen, um ihnen irgendwelche halbgaren moralischen Vorstellungen vorzukauen, die eh jede und jeder der Lesenden so sieht. Danach klopfen wir uns alle auf die Schulter, was wir für gute Menschen sind, ihr legt euch zufrieden ins Bett und ich hoffe, dass mich bloß keiner nach der Lektüre kontaktiert und auf meine Texte anspricht.

Aber das alles wollt ihr nicht hören. Und deswegen sage ich das auch nicht. Ist doch alles nur Spaß! Ich liebe es, hier für euch in die Tasten zu hauen. Ich mache das hier vor allem für die Kunst und weil ich mich kreativ ausleben will. Und hey, ich beantworte euch auch super gerne die Frage, wie lange ich so an einem Text sitze. Die wird mir nämlich gar nicht so oft gestellt, wisst ihr? Ist gar kein Problem. Sehr kreativ sogar. Auch, ob ich davon leben kann, ist ein legitimes Thema, so wie ich aussehe. Natürlich schicke ich euch auch alle meine Texte, damit ihr die später auf eurer Hochzeit vorlesen könnt.[81] Ich finde es auch gar nicht creepy, wenn ihr mir über meine Facebook-Künstlerseite schreibt, ob ich nicht mal eine Lesung in eurem Schlafzimmer machen könnte. Wieso habt ihr das nicht gleich über meine private Seite gemacht? Das wirkt echt nicht komisch, wenn ihr die raussucht und mir eine Anfrage schickt, obwohl ich euch noch nie gesehen habe.

80 Also danke nochmal, dass du das Buch gekauft hast. Du hast damit eine große Quattro Formaggi mit Käserand finanziert. Wenn schon cheesy, dann auch richtig!

81 Oder ihr lest sie einfach aus dem Buch vor, duh.

Das Ding mit der Wahrheit ist, dass sie oft unangenehm sein kann. Es gibt Informationen, die wir nicht hören wollen, und es gibt Informationen, für die hasst man uns, weil wir sie aussprechen. Meist auch zurecht, weil uns vieles einen Scheiß angehen sollte. Eine kleine Lüge fällt da deutlich leichter.

»Der Kuchen ist wirklich lecker.«

»Gut siehst du aus.«

»Ja, ich will.«

Es wird erst dann richtig unangenehm, wenn eine Lüge auffliegt.

Und damit herzlich willkommen beim heutigen Drahtseilakt! Die Frage aller Fragen, vor der wir täglich stehen: Wann tun wir allen einen Gefallen? Wenn wir Person X die Wahrheit sagen und somit von etwas Schlimmem abhalten? Vielleicht hätte damals jemand fragen sollen: »Ist es wirklich ne gute Idee, ein neues Beginner-Album zu veröffentlichen?« oder: »Hey, Adolf, ich glaube, du übertreibst gerade ein bisschen!« Wann wäre es besser, sich eine Lüge zu überlegen? Oder wäre es am allerbesten, vielleicht einfach mal die Schnauze zu halten und abzuwarten?

So sehr wir Wert darauflegen, immer offen und ehrlich zu sein, ist es nicht verwunderlich, dass viele Menschen das Bedürfnis haben, ihre Weisheit einfach in die Welt hinauszubrüllen. Danach dann die Sintflut. Was regen die sich auch auf, Ich habe doch nur die Wahrheit gesagt? Die Form ist doch egal. Wieso sollte ich etwas diplomatisch formulieren, wenn dein neugeborener Sohn halt einfach aussieht wie ein stinkender Jabba the Hutt in Miniaturformat? Kaum ein Neugeborenes ist schön anzusehen, aber dein Kind ... Hui! Ich wusste nicht, dass menschliches Leben so abscheulich aussehen kann.

Der Trick ist, ehrlich zu sich selbst zu sein, dass die eigene Meinung gerade niemanden interessiert. Wenn du ein Problem mit jemandem hast, weil dir die Sexualität, die Hautfarbe oder das optische Erscheinungsbild nicht passen, bist du kein ehrenwerter Mensch, wenn du das die Welt wissen lässt. Du bist dann einfach nur ein Arschloch. Ein Arschloch, dem ich offen und ehrlich gerne aufs Maul haue. Ich habe letztens zwei alte Menschen gesehen, die Songs von Shakira gecovert haben. Ich wusste zwar, dass Shakira ihre Songs in mehreren Sprachen singt, mir war aber neu, dass es sie auch in Scheiße gibt. Nur posaune ich das nicht heraus. Ich behalte für mich, dass der alten Dame bei ihren Bauchtanzversuchen wahrscheinlich bald das künstliche Hüftgelenk rausspringt. Weil es mich nix angeht, wenn die beiden ihren Spaß haben und außer meinem Gehörgang niemand verletzt wird.[82]

Offen und ehrlich sollte beinhalten, dass wir Rücksicht nehmen und auf unsere Mitmenschen achten. Für fast jede Wahrheit gibt es irgendwann einen Zeitpunkt, an dem man sie aussprechen kann. Wir müssen nur lernen, diesen zusammen mit der Art der Ansprache zu finden. Und bis dahin ist es okay, wenn hier und da mal ein bisschen geflunkert wird. Also: Danke fürs Lesen, es hat mir wirklich Spaß gemacht, diese Zeilen für euch zu schreiben!

82 Solltet ihr das also lesen, macht weiter mit eurem musikalischen Duo. Whenever. Wherever.

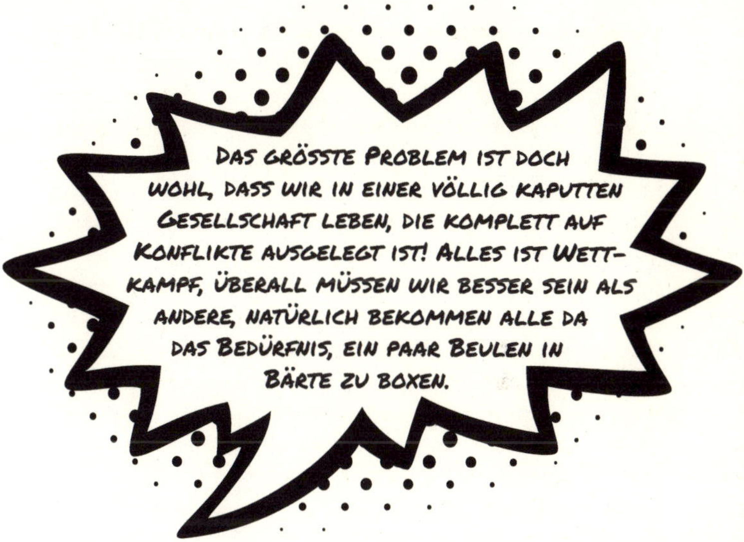

Wie sagte der große Popstar Theodor W. Adorno einst? »Es gibt kein richtiges Leben im falschen.« Sich völlig frei von allen Missständen der Welt zu machen, ist also nicht möglich. Wir alle leben in dieser Gesellschaft und selbst, wenn wir genau wissen, was hier falsch läuft, oder es zumindest glauben, so sind wir doch auch ein Teil davon. In pessimistischen Phasen kommt dann gerne der Gedanke dazu, dass jede Bemühung für eine bessere Welt vergeblich ist, solange das Fundament weiter so miserabel gebaut ist. Aber es fühlt sich erst recht falsch an, sich mit dieser Annahme zurückzulehnen und einfach zuzuschauen, wie die Welt vor die Hunde geht. Wenn die Gesellschaft sich nicht mal mehr Mühe gibt, die Missstände zu verstecken, es an allen Ecken und Enden brennt, Menschen leiden und sterben, dann muss der Konflikt gesucht werden. Dann darf es mal laut werden, dann ist manchmal Zynismus die richtige Herangehensweise oder offene Arme, Augen und Ohren für eure Mitmenschen. So viele Probleme umgeben uns, dass es unmöglich ist, an allen Fronten zu kämpfen und von heute auf morgen die Welt zu einem besseren Ort zu machen. Aber es darf gerne versucht werden. Darum gibt es dieses Kapitel, das einige Punkte zeigt, an denen wir ansetzen können. Die Augen verschließen sollten wir nicht, auch nicht in einem kleinen Büchlein, dessen Texte die perfekte Länge für eine Sitzung auf dem Klo haben. Aber dort ist genug Zeit, nachzudenken und die nächste Revolution zu planen. Mir ist egal, wo ihr dabei anfangt und was euer erster Schwerpunkt sein wird. Wichtig ist nur, dass ihr etwas tut! Also stürzt euch in die kommenden Texte und sammelt ein paar Ideen!

Soziale Arbeit

Ich fuhr vor einiger Zeit früh morgens mit der Straßenbahn durch Duisburg und konnte einem Gespräch lauschen, in dem ein Mensch seiner Begleitung erläuterte, zum Frühstück nur noch Bier mit Cola zu trinken, denn pur wäre das ja zu asozial. Und während ich noch überlegte, ob pures Bier oder Cola gemeint waren, ergoss sich das erbrochene Frühstück über den Mittelgang der 903. »Bahnbrechend«, würde ich sagen. Solche Momente stören mich aber keineswegs. Ich bin der festen Überzeugung, dass man in einer Stadt erst dann wirklich zu Hause ist, wenn man die tiefsten Abgründe eben dieser gesehen hat.

Als Schulsozialarbeiter in Duisburg weiß ich natürlich, wovon ich rede. Letztens wurde ich in eine zweite Klasse gerufen, weil sich ein Junge in einem unbeobachteten Moment die Hose heruntergezogen und seinen Penis mit einem grünen Filzstift angemalt hatte. So sprang er auf die Tische und zeigte in Helikopterbewegungen seinen Mitschülern und Mitschülerinnen seine »kleine Gurke«. Das rief er dabei auch durch den gesamten Raum: »Schaut mal, meine kleine Gurke!«

Und das ist anscheinend der Moment, in dem eine Lehrkraft sich denkt: »Darum soll sich der Sozialarbeiter kümmern, da bin ich raus!«[83]

Ich musste also intervenieren, konnte ihn gerade noch davon abhalten, seine kleine Gurke auf ein Käsebrot zu legen, und sagte zu ihm: »So, du kleiner Pimmelpirat. Es ist nicht in Ordnung, anderen einfach deinen Penis zu zeigen ... ohne vorher zu fragen!«

Und sowas erlebe ich täglich! Bei meinem ersten Elterngespräch an einer Hauptschule betrat eine junge Mutter mein Büro in einem Shirt mit der Aufschrift »Fuck me, I'm famous!« und mir stellten sich direkt ein paar Fragen:

1. Wusste die Frau, was sie da trug?
2. Falls ja, was erwartete sie nun von mir?
3. Und womit genau ist sie berühmt geworden?

Als ich mit ihr fünf Anträge auf Unterhaltsforderungen ausfüllen durfte, da sie keinen der fünf unterschiedlichen Väter kannte, war mir dann aber klar: Die nimmt ihr Shirt sehr ernst.

Bei solchen Eltern wundert es dann auch nicht, dass die Zahl der Schwangerschaften an dieser Hauptschule dermaßen hoch war.

Wer denkt, die Jugendlichen heutzutage seien doch aufgeklärt – nein! Nergis, die dachte, Tampons reichen zur Verhütung, saugen schließlich alles auf. Oder Freddy, der

83 Es ist übrigens erstaunlich, was die Schulsozialarbeit plötzlich für Aufgaben bereithält. Mal muss Kindern erklärt werden, wie sie eine Toilette richtig benutzen, mal werden übermütige Nichtschwimmer*innen gerettet. Mal muss Eltern das Internet erklärt werden, mal erläutert, wieso Schwimmunterricht doch ganz sinnvoll ist. Aber darüber könnte ein komplettes eigenes Buch geschrieben werden. Tun ja auch viele. Nur die wenigsten schaffen es leider, ihre Klient*innen nicht wie die größten Vollidiot*innen aussehen zu lassen und sich über sie zu stellen.

meinte: »Ich hab wirklich nur ganz kurz reingehalten, da konnt gar nichts passieren. Ich schwör auf die Bibel!«

Denn wir alle wissen ja, schon in der Bibel stand: »Wer frei von Sünde ist, der halte nur ganz kurz rein!«

Oder Volkan, der die Welt nicht mehr verstand und Vater wurde, obwohl er doch seiner Freundin zuliebe jeden zweiten Monat die Pille im Wechsel mit ihr genommen hat. Da war mir Kai doch noch am liebsten, der meinte: »Herr Küppers, ich ficke nur in den Arsch, da kann nix passieren!«

Funfact: Stimmt nicht so ganz![84]

Ich weiß, dass es uns schwerfällt, andere Lebensentwürfe nachzuvollziehen. Als würde euch ein Bayernfan erzählen, er könne verstehen, wie Abstiegskampf funktioniert. Das klappt ja nicht einmal bei so Sachen wie dem Hinternabwischen. Von vorne oder nach hinten, im Sitzen oder im Stehen, Papier geknüllt oder gefaltet? Das ist alles möglich, aber wer sich anders säubert als man selbst, ist doch völlig verrückt. Fragt mal die Person neben euch, wie die das so macht, und wenn das anders läuft als bei euch, denkt ihr doch auch: »Geknüllt und im Sitzen? Du krankes Schwein!«

Ich selbst hatte es natürlich leicht. Ich bin wohlbehütet auf dem Dorf aufgewachsen, hatte gute Chancen, im Bildungssystem nicht durch das Raster zu fallen, und meine Eltern konnten fehlerfrei deutsch, wenn man von Papas Platt absieht. Aber trotzdem ist das doch keine Entschuldigung dafür, dass Nergis, Freddy und Volkan sich anscheinend mit einem Hammer die Haare kämmen.

Und dann war da noch Nabir, 16 Jahre, der mit seiner zwei Jahre jüngeren Freundin ein Wunschkind bekam.

Was will man da noch sagen? Ich meine, kann ich mir etwas Schlimmeres vorstellen, als mit 16 Vater zu werden?

84 Ich wünschte, ich würde mir diese Dialoge ausdenken …

Mit 15 ein Kind kriegen ... oder ein Besuch bei Ikea. Wie oft sollte ich schon ins Möbelhaus und rief im letzten Moment: »HALT! Lass uns ein Kind zeugen!«

Hat aber nie geklappt. Also was machst du da?

Aber dann sehe ich seine strahlenden Augen, wenn er mir das erste Ultraschallbild seiner kleinen Tochter zeigt. Höre seine überschwängliche Freude bei der Erläuterung seiner Zukunftspläne mit seiner neuen, kleinen Familie. Wer bin ich denn, ihm diese Freude abzusprechen?

Wenn ich später seine Familie besuche und sehe, wie diese fünf Menschen, zusammengezwängt in einer Zwei-Zimmer-Wohnung, was allein schon dramatisch genug ist, alles dafür tun, dem Zuwachs ein gutes Leben zu bieten, wie alle an einem Strang ziehen, um dem Kind gerecht zu werden, wer bin ich, das schlechtzureden?

Es fällt uns allen so leicht, über die Menschen zu lachen, die in der Chancenlotterie nicht so viel Glück hatten wie wir. Wer von euch kann mir etwas aus Frauentausch zitieren?[85]

Wir sollten unsere Maßstäbe, die dank unseres Bildungsstandes entstehen, nicht auf andere anlegen. Wenn wir eher darauf achteten, dass alle Menschen ein zufriedenes Leben führen, und versuchten, unsere Chancen auf ein gemeinsames Level zu heben, dann könnte man selbst die schlimmsten Abgründe zu einem guten Zuhause werden lassen.

85 Der schreiende Andreas oder die Erdbeerkäse-Geschichte halten sich bis heute noch als Meme.

Mein Freund, der Baum, ist endlich tot

Ich war ein komisches Kind. Meine Eltern wussten nicht wirklich, was sie mit mir machen sollten und mein Verhalten schien ihnen auch ernsthaft Sorgen zu bereiten. Die meiste Zeit verbrachte ich vor dem Fernseher, soziale Kontakte beschränkten sich auf ein Minimum und draußen spielen wollte ich so gut wie nie. Wir lebten mitten im Wald auf einem Hof und draußen war es dreckig, überall waren Insekten und dank meines Hauttons der Farbe Kalkleiste war die Sonne auch nicht mein favorisierter Himmelskörper.

Also schaute ich mir die Natur lieber vor dem Bildschirm an. Soweit das schon komisch anmuten mag, meine Eltern wurden erst misstrauisch, als ich »Als die Tiere den Wald verließen« schaute und Jubelstöße ausrief, sobald alle Tiere die Straße überquert hatten, aber die Igel überfahren wurden. »Irgendwas stimmt nicht mit dem Jungen«, sagte meine Mutter und auch ich wusste nicht wirklich, wo es mit mir hingehen sollte.

Es dauerte einige Jahre meiner frühen Kindheit, bis mich die Werke Walt Disneys auf die richtige Spur brachten. Ich musste erst »Bambi« sehen, erleben, wie seine

Mutter starb, um zur Vernunft zu kommen. Ab diesem Zeitpunkt wusste ich: Ich will Jäger werden![86]

Jeff Goldblum sagte bereits in »Jurassic Park«: »Das Leben findet immer einen Weg!«

Ich sage: Nur weil der Mensch sich bisher noch nicht genug angestrengt hat, um der Natur endlich Einhalt zu gebieten. Ich will der Welt einen Gefallen tun. Denn was ist in der Natur bisher an sinnvollen Sachen entstanden? An jeder Ecke sehen wir Evolutionsfehler, die einfach nicht ausgemerzt werden. Es existieren Lebewesen, die bei ihrer Geburt erst mal zwei Meter Richtung Boden fallen und sich dann als ausgewachsene Tiere mit ihren langen Hälsen bekämpfen. Ich spreche nicht von »Germany‹s Next Topmodel«. Faultiere sterben, weil sie ihre Arme mit einem Ast verwechseln und vom Baum fallen. Koalabären sind so dumm, dass sie Eukalyptus nicht mehr erkennen, wenn es auf einem Teller liegt, und verhungern dann. Da kann mir doch niemand was von Survival of the Fittest erzählen![87] Als Jäger kann ich dem endlich Einhalt gebieten. Alternativ hätte ich auch nach Island gehen können. Robbenklopper klang unterhaltsam, nur sind die Lebenserhaltungskosten dort wesentlich höher. Und an Waffen kommt man hier vor Ort leichter, als man denkt.

Ist euch schon mal aufgefallen, neben den ganzen Toten durch Pilze, Bienenstiche oder Tierbisse, wie oft verschollene Menschen tot in einem Wald aufgefunden werden? Zufall? Ich glaube nicht! Ohne Wald wäre die Welt

86 Mal ehrlich, ich habe selbst bei Mufasas Tod nicht geweint und ich weine schnell bei Filmen. Aber die Szene in »Bambi« ist doch wirklich völlig überbewertet!

87 Falls ihr all das glaubt, was ich hier aufgezählt habe, überprüft die Infos gerne und überlegt euch dann, ob ihr schon mal über Menschen gelacht habt, die auf »Fake News« reinfallen. Sachen, die uns zusagen oder die wir witzig finden, glauben wir nämlich gerne schnell, wenn sie als Fakt getarnt daherkommen.

ein sicherer Ort! Es muss uns doch allen klar sein: Nie! Nie! Nie wieder Wald! Eine Betondecke für alle kalten Grünflächen dieser Welt! Je weniger Grün, desto weniger nervige Tiere. Fliegen zum Beispiel. Gibt es einen Menschen, der sich über die ganz großen Brummer freut? Ich verstehe nicht mal, wieso die Insekten da nicht selber etwas unternehmen. Diese dicken Viecher sind die Ballermannbesucher der Fliegen. Wie das wohl sein muss ... Du fliegst entspannt auf diesen schmackigen Misthaufen zu und hörst dann schon von weitem: »Boooooh, Scheiße gibt's nur einmal im Jahr!« und denkst dir nur: »Och nö, der Jürgen schon wieder.«

Delfine vergewaltigen ihre Artgenossen, töten ihre Kinder, damit die Weibchen wieder Sex haben können, und belästigen sogar Tauchende sexuell. Die Geräusche der Meeressäuger bedeuten also nicht: »Oh, hallo, du toller Mensch!«, sondern in Wahrheit: »Hehe, dem presse ich gleich schön meinen Schwanz in die Fresse!«

Das macht Intelligenz mit diesen Kreaturen!

Wir müssen intervenieren! Zwischen Kalifornien und Hawaii hat der Mensch einen weiteren Kontinent erschaffen. Eine Insel, größer als Indien, aus feinstem Plastik! 140 Millionen Tonnen im Meer. Nehmt das, ihr kriminellen Nasenköpfe! Das ist ein guter Anfang. Für jeden meiner Texte musste mindestens ein Baum dran glauben. Das gibt Platz für Beton statt Petunien. Wir schaffen das!

Und wir sind nicht allein! Denn:[88]

Auf den Dächern meiner Stadt riecht die Luft nach Smog und Abgas
Die Kurzstrecke mit Dieselmotor

88 Im Hintergrund läuft jetzt die Melodie von »Palmen aus Plastik«, während ihr die nächsten Zeilen lest.

Selbst 100 Meter fahrn wir mit dem Wagen
Radfahrer stinken, die wollen wir jagen
Diese scheiß Ökos, was wollen die schon sagen
Gehört die Stadt uns, gibt es nix mehr zu klagen

Dein Freund der Baum ist endlich tot
Smog in den Wolken färbt Himmel rot
Unsere Welt ist aus Plastik, doch macht nix, das soll so
Ganz Ohne Skrupel – Los Pollos Hermanos
Fahrn über Flora und Fauna hinweg, denn sie lassen uns keine Wahl
Und wir hören die Grünen schon schrein, aber das ist uns scheißegal

Denn ich schlürfe meinen Drink
Aus nem Strohhalm, das macht nix
Landet niemals im Müll
Sogar wenn einer da ist
Und selbst wenn es kalt wird
Will ich Erdbeeren in Plastik
Anstatt dem Rucksack
Nehm ich die Tüte aus Plastik!

Wir ziehen alle an einem Strang. Wir sind auf einem guten Weg. Und lange wird es nicht mehr dauern, dann haben wir endlich unseren Planeten aus Plastik!

Unterwegs

Viele Koffer und sechs Menschen in einem Auto auf dem Weg in eine neue Heimat. Isaac sitzt auf der Rückbank, eingequetscht zwischen Habseligkeiten und drei Geschwistern. Die hat er auch eigentlich ganz gern, aber nach zehn Stunden Autofahrt wird vieles auf die Probe gestellt.

»Alles wird besser, wenn wir erst mal bei eurem Onkel sind«, haben die Eltern gesagt.

Davon merkt Isaac bisher reichlich wenig. Seine Augen tränen vom Qualm der Zigaretten, die der Vater sich gefühlt alle fünf Minuten anzündet, er bekommt Kopfschmerzen und die kleine Schwester scheint so langsam, aber sicher eine neue Windel zu brauchen. Vielleicht sollen die Zigaretten aber auch nur diesen Geruch übertünchen. Das Ganze wird untermalt von ständigen Ermahnungen seiner Mutter, sie seien ja schließlich gleich da. Diese Aussage hat Isaac schon mehrmals am heutigen Tage gehört, gefühlt jede Stunde, während seine Brüder beginnen, sich aus Spaß gegenseitig Ohrfeigen zu verpassen.

Tag 1

Sie sind angekommen. Eine Wohnung, in der Isaac mit seinen drei Geschwistern ein Zimmer bekommt. Die Haustür ist kaputt, im Flur steht ein Geruch, der ihn stark an das Plumpsklo der Großmutter erinnert. Zerfledderte Zeitungen auf dem Boden, Putz bröckelt von der Wand, ein Fenster ist kaputt. Heimisch fühlt sich wohl niemand, auf der Straße sind allerdings einige Kinder in Isaacs Alter, mit denen er kurzerhand spielen kann. Sie rennen durch die Straßen dieser neuen großen Stadt und je mehr Geschäfte mit großen bunten Fenstern und Tischen voller Obst und Gemüse vorbeiziehen, merkt Isaac, dass er bis auf die Kinder, mit denen er unterwegs ist, niemanden versteht. Schaut er sich die Waren etwas zu lange an, verscheuchen ihn die Erwachsenen, scheinen aus irgendeinem Grund sauer auf ihn zu sein. Seine Eltern haben später keine Zeit, ihm das zu erklären. Sie packen ihre Sachen aus, streiten sich mit dem Onkel über ein kaputtes Spülbecken.[89] Der Vater sagt, nächste Woche fange er an, zu arbeiten, dann können alle auch etwas Obst haben.

Tag 15

Isaac ist selten in der Wohnung. Er hat keine Lust, bei seiner kleinen Schwester im Zimmer zu sitzen oder den Eltern beim Streiten zuzuhören, weil der Vater keine Arbeit bekommt.

Die letzten Tage hat er neue Kinder mit großen, bunten Rucksäcken in der Straße gesehen, denen er zu einem großen Gebäude nachlief. Noch nie hat Isaac so viele Menschen in seinem Alter auf einem Haufen gesehen. Sie spielten, rannten um die Wette oder prügelten sich, bis sie ein schrilles Klingeln hineinruft. Isaac flitzte ihnen

89 Als Sozialarbeiter durfte ich einige Hausbesuche in Häusern machen, bei denen ich zuvor nicht gedacht hätte, dass Menschen in Deutschland so leben müssen. Kaputte Türen, kaputte Treppen, Schimmel und Ungeziefer, völlig überfüllte Wohnungen und Vermieter*innen, die mit diesen Häusern die Situation ihrer Mieter*innen ausnutzten.

nach, wollte sehen, was es so Tolles in diesem großen Gebäude gibt, wurde aber sehr schnell von einem alten Mann rausgeschmissen, erneut mit einer Aneinanderreihung lauter Wörter, die er allesamt nicht verstand.

Irgendwann dürfe er auch dorthin, sagt seine Mutter. Nur wann, das wisse sie noch nicht.[90]

Tag 37

So langsam fühlt Isaac sich zu Hause. Er hat viele neue Freunde gefunden, und immer wieder kommen neue Kinder, die allerdings erst eine Mutprobe ablegen müssen, um dazuzugehören. Sie müssen einen der Ladenbesitzer so wütend machen, bis er ihnen hinterherläuft, aber sich bloß nicht erwischen lassen. Letztens wurde ein Mädchen gefangen, kurz darauf kam die Polizei. Isaacs Mutter weiß davon nichts, hat aber auch andere Sorgen.

Der große Bruder hat Zahnschmerzen, darf aber nicht zum Arzt, weil seine Krankenversicherung hier nicht gilt. Isaac versteht nicht, was das bedeutet, er weiß nur, dass schnell eine Lösung gefunden werden muss, weil sein Bruder wegen der Zahnschmerzen ziemlich schnell wütend wird.

Tag 58

Isaac darf seit einer Woche endlich in die Schule. Letztes konnte er sich sogar einen bunten Rucksack aussuchen. Einer mit Flugzeugen sollte es sein. Er darf also nach langem Warten mit den anderen Kindern in das große Haus und lernt jeden Tag etwas besser die fremde Sprache. Freunde

90 Im September 2020 fehlten allein in Duisburg ca. 400 Schulplätze für zugewanderte Kinder, 2018 waren es 200. Die Kapazitäten waren einfach nicht vorhanden.

hat er dort allerdings noch keine finden können. Dass ein paar Kinder ihn immer wieder beleidigen, so viel versteht er schon. Nur weiß er nicht, was er darauf sagen soll, ihn versteht ja keiner. Zuzuschlagen, ist die einzige Möglichkeit für ihn, sich zu wehren. Auch wenn die Lehrerin daraufhin schimpft, seine Mutter gibt ihm recht und sagt, dass es leider viele Erwachsene und Kinder gibt, die sie und ihn einfach nicht mögen.

Tag 83

Isaac kann nicht schlafen. Draußen auf der Straße ist sehr viel Krach. Die Polizei fährt umher und immer wieder hört der Junge etwas knallen, Menschen rufen laut durch die Gegend. Mittlerweile versteht er ganz gut, was hier so erzählt wird, gerade ist draußen aber ein zu großes Durcheinander, um zu hören, um was es geht.

Die Eltern kommen in das Kinderzimmer und versuchen, ihre Schützlinge zu beruhigen. Das ist nicht so leicht, wenn die kleine Schwester die ganze Zeit weint und der Vater sich mit dem noch immer leicht reizbaren Bruder streitet. Isaac zieht ein Kissen über den Kopf und hält sich damit die Ohren zu.

Tag 84

Viele Koffer und sechs Menschen auf dem Weg in eine alte Heimat. Isaac sitzt auf der Rückbank, eingequetscht zwischen Habseligkeiten und Geschwistern. Vorletzte Nacht ist ein Stein in ihre Wohnung geflogen. Die Mutter hat versucht, ihn vor den Kindern zu verstecken, allerdings war im Müll ein Zettel zu finden, der darum gewickelt war. »Zigeuner« stand drauf, so viel verstand Isaac schon. Im Nachbarhaus musste die Feuerwehr einen Brand löschen. Seine Eltern haben am Tag darauf all ihre Sachen gepackt und fuhren los.

»Alles wird besser, wenn wir erst mal bei eurem Onkel sind«, hatten sie damals gesagt. Pustekuchen. Jetzt tränen Isaacs Augen vom Qualm der Zigaretten, die sein Vater sich gefühlt alle fünf Minuten neu anzündet, er bekommt Kopfschmerzen und sein Bruder jammert die ganze Zeit wegen seines Zahns. Isaac versteht nicht, warum sie alles so schnell hinter sich lassen mussten, was genau in den letzten Tagen passiert ist. Er hasst die Steineschmeißer, die Nikotinsucht seines Vaters, aber vor allem ... vor allem hasst er lange Autofahrten!

Weltverbesserer!

Hey, lasst uns die Welt retten! Wir müssen es nur wollen! Wenn wir uns alle zusammentun, dann zeigen wir denen da oben, für welche Werte wir stehen. Für Zusammenhalt, Weltoffenheit, Friede und Liebe! Lasst uns diese Worte leben und hinausrufen, denn Worte schaffen Realität!

Lasst uns einen Tanz-Flashmob vor den eingezäunten Grenzen Europas machen! Eine Lichterkette gegen den Terrorismus des NSU und davor … einen Kuchenbasar!

Lasst uns die Welt verbessern, jeden Tag ein kleines Stück! Worte schaffen Realität! Wenn wir nur genügend Menschen mit unserer Liebe erreichen, unsere Botschaft unter das Volk bringen, dann können wir etwas erreichen!

… Ihr scheiß Hippies!

Während es Kuchen für die angekommenen Geflüchteten gibt, sterben weiterhin massenhaft Menschen an Europas Grenzen! »Hey, meine Familie ist nicht hier, ich habe keine Ahnung, ob sie noch lebt, aber immerhin gibt es Kuchen. Maulwurfkuchen! Den find ich richtig nice! Da sehe ich doch mal locker über den Brandsatz im Keller hinweg!«

Keine Menschenkette der Welt, kein Tanz-Flashmob wird etwas an den Einreisemöglichkeiten ändern, weil ihr den Entscheidungsträgern damit nicht unbequem werdet.[91] Ganz einfache Kosten-Nutzen-Rechnung. Das Imperium hätte sich auch nicht gedacht: »Oh, da unten tanzen alle gegen unseren Todesstern … Schalten wir den mal aus!«

Nein! Dazu waren X-Wings mit dicken Wummen und viele kleine, pelzige Wesen aus dem Dschungel nötig.

Worte schaffen Realität, ja, aber Realität ist trügerisch. Und nur weil ihr oft genug sagt, dass eure Liebe etwas bewirkt, mögen vielleicht immer mehr Menschen daran glauben, aber ändern tut sich doch nichts. Versteht mich nicht falsch, Zeichen zu setzen, tut gut, positive Aktionen lassen positive Gefühle entstehen und Kuchen geht immer. Aber lasst euch doch nicht vollends davon täuschen! Hinterfragt euer Handeln und die Situation, in der ihr das tut, und handelt dementsprechend! Geht weiter als nur bis zur Grenze eurer Wohlfühlzone!

Während ihr der AfD vorhaltet, wie dumm und hässlich doch ihre Wähler sind, machen sie aktiv Politik. Als ob unser Problem wäre, dass diese Menschen dumm und hässlich sind. Als ob diese Menschen dadurch weniger gefährlich oder weniger ernst zu nehmen wären. Unsere Probleme sind ihre scheiß Meinung und die Position, in der sie sie vertreten können. Stellt euch mal vor, Harry Potter hätte bei Voldemorts Rückkehr gesagt: »Höhö, bist du vor ne Wand gelaufen? Hast du daher die platte Nase?«

Wen juckt die Nase? Der Typ ist ein Massenmörder! Anstatt Witze darüber zu machen, ob Alexander Gauland die nächste Wahlperiode überlebt, könntet ihr vielmehr

91 Wäre der Text nicht vor einigen Jahren geschrieben worden, hätte ich wahrscheinlich noch erwähnt, dass es wenig bringt, einfach einen Hashtag unter ein Bild zu posten oder eine smarte Insta-Story zu veröffentlichen. Aktivismus hat sich in diesen wenigen Jahren stark entwickelt, die Probleme, die damit einhergehen, ähneln sich aber weiterhin.

fragen: Wie viele AfD-Mitglieder braucht man, um eine Schraube festzuziehen?

Vier, eins hält die Schraube, die anderen schießen auf die Mutter![92]

Und während ihr barfuß durch die Stadt lauft, weil ihr kein Geld für fair gehandelte Schuhe habt, wird sich in Bangladesch auch kein kleines Kind per Brieftaube bei euch für euren Verzicht bedanken. Es wird weiter unter ätzenden Bedingungen arbeiten. Selbst wenn alle Menschen der Welt euren Lieblings-Hass-Konzern boykottieren und dafür in Bernhards billiger Bude einkaufen gehen, ist irgendwann Bernhard der reiche Arsch, der mit seinem frisch gebackenen Konzern die gleichen Probleme verursacht. Weil Kapitalismus einfach so funktioniert.

Wenn ihr im Schach immer wieder gegen einen erfahrenen Spieler verliert, dann haut ihr ihm doch nicht deswegen in die Fresse! Ihr hört eher auf, zu spielen, und sucht ein Spiel, bei dem ihr gleiche Chancen habt!

Worte schaffen Realität, aber nur, wenn sie zum Denken anregen. Denn Denken führt zu Taten und die setzen eure Realität um! Ihr könnt nicht davon ausgehen, komplexe Fragen mit einfachen Lösungen anzugehen. Wenn ihr denkt, ein vielschichtiges Problem wie Rassismus löse sich auf, indem ihr ein paar Lieder singt und euch dabei an den Händen haltet, dann funktioniert da etwas nicht. Wenn ihr der Meinung seid, die Probleme der Welt würden kleiner, wenn Nestlé pleitegeht, dann stimmt da was nicht. Genau wie euch klar ist, dass sich die Kriminalität hier nicht senken lässt, indem wir die Grenzen dicht machen – hoffe ich zumindest.

92 Auch wenn dieser Satz sich auf die Aussage von Beatrix von Storch bezieht, die 2016 auf Geflüchtete an den Grenzen schießen lassen wollte, neigen ja einige konservative Parteien zu solch martialischen Aussagen. Horst Seehofer selbst sagte 2011 noch, dass er die deutschen Sozialsysteme »bis zur letzten Patrone« schützen wolle.

Versteht mich nicht falsch, Zeichen zu setzen, tut gut, lebt so, wie ihr es für richtig haltet, und verzichtet auf die Sachen, bei denen ihr kein gutes Gefühl habt. Aber lasst euch doch nicht vollends davon täuschen! Hinterfragt euer Handeln und die Situation, in der ihr das tut, und handelt dementsprechend! Geht weiter als nur bis zur Grenze eurer Wohlfühlzone!

Geht ein paar Mauern und Zäune einreißen! In den Köpfen und an den Grenzen. Überlegt euch eine Alternative zum Kapitalismus und setzt die um! Sorgt dafür, dass rechtes Gedankengut keinen Nährboden in den Köpfen junger Menschen findet! Wenn ihr nur eine Sache davon macht, seid ihr eh euer halbes Leben lang beschäftigt. Denn solche Ansätze sind nicht einfach. Aber immerhin macht ihr mehr, als zu tanzen. Und den Kuchen … den könnt ihr mir geben, denn Kuchen geht immer!

Beschissene Verhältnisse

Als Mann genießt man viele Privilegien, die einem bewusst sein sollten, wenn man sich nicht völlig ignorant durch die Welt bewegt. Eines dieser Privilegien ist die gesellschaftliche Legitimation, sich ausgiebig über die eigenen Ausscheidungen zu unterhalten. Ich kann jedem meiner Mitmenschen ohne weiteres mitteilen, dass ich gerade auf der Schüssel saß, welche Konsistenz die eigene Scheiße hatte, wie intensiv der Geruch war, wie viel nach dem Spülen kleben geblieben ist. Ich kann die Häufchen sogar fotografieren und im Internet bewerten lassen.[93] Es gibt tausende Umschreibungen für diesen natürlichen Verdauungsvorgang: den Bob in die Bahn setzen, einen Bergsteiger abseilen, Presswurst produzieren. Jede Äußerung zaubert den einen ein schelmisches Lächeln ins Gesicht, andere werden rot und manche fühlen sich vielleicht direkt angeekelt. Ich persönlich bin am ehesten mit Obelix zu vergleichen. Nur bin ich nicht in Zaubertrank gefallen, sondern in ein Loch voller Scheiße. Ich bin deswegen nicht super stark, habe dafür aber eine unfassbar hohe Ekeltoleranz!

93 Ich habe vor Veröffentlichung dieses Buchs nochmal die Seite ratemypoo.com aufgesucht, auf der mittlerweile nur noch ein Bild von Donald Trump zu sehen ist.

Als kleines Kind spielte ich sorglos Fußball, als der Ball plötzlich auf einer kleinen Pfütze vor einem Misthaufen landete. Unbesorgt wollte ich den Ball zurück in meinen Besitz bringen, trat vorsichtig auf einen Flecken Stroh, der auf der Pfütze lag, um meine Schuhe nicht zu beschmutzen und merkte erst bei der Verlagerung meines Gewichts, dass es sich nicht um eine Pfütze, sondern um ein metertiefes Loch voller Gülle handelte. Shit happens.

Die eigentliche Geschichte dazu, warum ich mir ausgerechnet die menschlichen Verdauungsendprodukte als Gegenstand meiner allabendlichen Gedankengänge aussuchte, begab sich allerdings eines Sommers. Auf einem Festival war die dortige Herrendusche anderthalb Tage geschlossen, weil sich ein manifestierter Klumpen pures Testosteron dazu durchringen konnte, in eben jene Dusche zu kacken. Wahrscheinlich wollte er sich so direkt das Klopapier sparen. Die Abflüsse wurden verstopft, die Dusche nicht mehr benutzbar. Diese Aktion führte auf der einen Seite natürlich zu kleineren und größeren Aufregungen, im Großen und Ganzen hat der Herr sich durch sie aber einen Legendenstatus erarbeitet.[94]

Als die Dusche wieder funktionierte, war kein Ärger mehr vorhanden. Auf dem gesamten Gelände hörte man das Gerede vom Mann, der in die Dusche gekackt hatte. Und auch bei mir hat er offensichtlich bleibenden Eindruck hinterlassen. Es ist was kleben geblieben, könnte man sagen.

Doch jetzt denke ich weiter und frage mich, wieso jede Person beim Klang dieser Geschichte auch dann an einen Mann denken würde, wenn von ihm keine Rede wäre, und die Bestätigung der Vermutung keinerlei Verwunderung erzeugt.

94 Ich habe gehört, dass so etwas auch schon einmal bei den deutschsprachigen Meisterschaften im Poetry Slam vorgekommen sein soll. Falls ihr also mal eine solche Veranstaltung besucht, fragt die Moderation einfach danach.

Im Laufe meines Lebens lernte ich, dass nicht nur Männer die Grenzen des guten Geschmacks so gut ausreizen können, sondern auch Frauen dazu in der Lage sind. Und trotzdem ist dieses Thema in Verbindung mit Frauen gesellschaftlich nicht vorhanden. Frauen und Stuhlgang sind ein Mythos für sich! Als kleiner Junge wurde mir öfters vermittelt, dass Frauen auf der Toilette Rosen ausscheiden. Sollte dem tatsächlich so sein, haben mir meine bisherigen Beziehungen gezeigt, dass Rosen ziemlich kacke riechen.

Die Seifenblase dieses Mythos zerplatzte, als ich unter der traumhaften Melodie Rick Ashtleys »Never gonna give you up« zwei Frauen und einen harmlos anmutenden Becher sah. Ich lernte auf allerdeutlichste Weise: Weibliche Körperöffnungen dienen nicht nur den sexuellen Gelüsten, wie es Generation Porno schon mit der Muttermilch aufsaugt, sondern haben auch einen biologischen Zweck des Ausscheidens.

Ich habe mal gehört, dass eine Frau noch nie in ihrem Leben in der Gegenwart eines Mannes gepupst hat. Die Vorstellung alleine sorgte bei mir für mittelschwere Darmkrämpfe. Was für eine innere Belastung, die ein Mensch für dieses Kunststück auf sich nimmt. Und ja, es ist wirklich ein Kunststück, einen natürlichen Vorgang zu vermeiden und Gase im Körper zu halten, für die in Museen extra Luftfilter eingebaut werden, da sie dafür sorgen können, dass Silber enthaltende Gegenstände beschädigt werden. Schwefel kann sowas, kein Scheiß, hab ich gegoogelt. Frauen nehmen eine solche Last auf sich, weil die Gesellschaft ihnen von klein auf vermittelt hat, dass sich sowas nicht ziemt, während mein Vater mit mir schon in jungen Jahren das Frage-Antwort-Spiel gespielt hat.

»Junge, ich stelle eine Frage, und du antwortest. Hier kommt sie: …« – FURZ!

»Jetzt antworte bitte angemessen!« – FURZ!

Ich komme vom Land, daher weiß ich nicht, ob so ein Verhalten nicht doch etwas neben der Spur ist, aber das berühmte »Zieh mal an meinem Finger« sollte auch euch bekannt sein.

Ohne sich zu intensiv mit Freud auseinandersetzen zu wollen, um seine Theorie der analen Phase zu zerlegen: Eine solch unterschiedliche Behandlung von Menschen auf Grund ihres Geschlechts kann nicht gut sein und führt zu großen gesellschaftlichen Differenzen.

Ich gehe noch weiter: Eine vollständige Emanzipation der Frau ist erst dann erreicht, wenn sie offen über ihr Geschäft reden oder lautstark furzen kann und danach von ihrem Umfeld anerkennende Blicke oder eine panische Fluchtreaktion mit großen Lachern erntet. Liebe Frauen, traut euch und sagt, dass ihr auf die Toilette geht, und traut euch, auf die Frage, wo ihr gerade wart, zu antworten: »Ich war scheißen!«

Steht zu euren Häufchen, um so wenigstens einen kleinen Teil einer in vielerlei Hinsicht beschissenen Gesellschaft wegzuspülen! Und wenn am Ende nur eine von euch ihr Produkt fotografiert, weil es die Form eines seltsamen Herzchens hat, das Bild ihrer Freundin schickt und dafür ein »Gefällt mir« kassiert, dann habe ich etwas richtig gemacht. Und solltet ihr eine kleine Tochter haben – haltet ihr ab und zu auch mal den Finger hin!

Nicer Dicer

Ich weiß nicht, wie oft ich diese Diskussion schon führen musste. Ich verstehe diesen Arbeitsfetisch einfach nicht. Jedes Mal kommen mir Menschen mit ihrer fortschrittsfeindlichen Ideologie, dass Handarbeit doch was Schönes sei, so richtig zum Zungeschnalzen, wenn jemand gut mit den Händen arbeiten kann. Harte Arbeit muss sich lohnen! Dabei ist es doch wunderbar, wenn wir etwas bekommen, was uns die Arbeit abnimmt. Aber nein, der Menschheit wird dann sofort Angst und Bange, dass sie nicht mehr gebraucht werden würde. Schon bei »Harry Potter« ging mir auf den Sack, dass die Zauberwelt arbeiten gehen musste, obwohl sich doch alles hergezaubert werden konnte! Wieso? Wozu braucht man angehäuften Reichtum, wenn man zaubern kann? Wieso trägt Ron einen hässlichen Tanzumhang, anstatt sich den schick zu zaubern? Ich versteh das nicht![95]

Arbeit Marbeit! Wie geil es manche finden, täglich zu schuften und sich auf das Wochenende zu freuen, welches doch nur dazu dient, am Montag wieder fit zur Arbeit zurückzukehren. Zumal die ihre Zeit echt bescheuert nutzen,

95 Wo mittlerweile klarer wurde, wessen Geistes Kind J. K. Rowling tatsächlich ist, wundern mich manche Sachen in »Harry Potter« sowie die dort gezeichnete Gesellschaft allerdings deutlich weniger.

wenn sie am Montag nicht noch immer einen Kater haben. Alle wollen sie hart arbeiten und dafür fair belohnt werden.

Bessere Technik, um damit Zeit für persönliche Interessen zu schaffen, darauf kommt es an! So wie Inspektor Gadget! Was der alles schaffen kann dank des Gadgeto-Hubschraubers ... obwohl er wirklich dumm ist!

Darum bestelle ich mir bald auch einen Nicer Dicer! Immer, wenn ich Zwiebeln würfeln will, um sie danach anzubraten, flutscht mir das letzte Stück zwischen den Fingern weg. Das liegt wahrscheinlich an meiner unfassbar zarten Haut an den Händen, die sich noch immer anfühlt wie ein Babypopo. Ich habe noch nie intensiv einen Babypopo gestreichelt, höchstens mal abgewischt, aber so weich stelle ich mir einen Babypopo vor. Versuch du mal, eine Zwiebel zwischen den Pobacken eines Babys einzuklemmen – die flutscht dir da auch raus. Ich kann also nichts für mein Schneidedefizit und brauche Unterstützung. Vielleicht zahlt mir auch meine Krankenkasse dieses Hightech-Multifunktionswerkzeug für die Küche. Schließlich verhindere ich so abgehackte Finger. Und die Messerlobby freut sich auch, dass es niemals zu einer Klage in Millionenhöhe kommen wird, weil ich diese unfassbar wertvollen Fingerchen verloren habe.

Außerdem ist der Name der absolute Wahnsinn. Nicer Dicer! Da weiß ich direkt, woran ich bin. Alles wird nice – *zack, zack, zack, zack* – gedicet! Und Würfel kann man wirklich immer gebrauchen. Egal, ob aus Zwiebeln, Fleisch oder Holz, sechsseitig, achtseitig, zwanzigseitig, breitseitig, einseitig ... Schließlich verliert man doch dauernd die Würfel vom Monopoly! Okay, blödes Beispiel. Wer spielt schon gerne Monopoly?[96] Aber auch sonst verlier ich dau-

96 Wusstet ihr, dass die Erfinderin von Monopoly zeigen wollte, wie langweilig kapitalistische Systeme sind? Wenn ihr also Spaß daran habt, dieses Gesellschaftsspiel zu spielen, was sagt das über euch aus?

ernd die Würfel. Und mit so einem Würfel aus Mett ist es auch viel einfacher, eine Sechs zu würfeln. Der bleibt schneller liegen. Ich glaube, ich gehe gleich sofort an den Rechner und bestelle mir dieses High-End-Küchengerät!

»Ah, ah, ah, ah?«, murmelt meine Freundin.

»Was hast du gesagt?«, frage ich.

Sie nimmt meinen Penis aus dem Mund: »Ob das dein Ernst ist, habe ich gefragt!«[97]

»Aber natürlich ist das mein Ernst! Ich finde sogar, dass nicht nur ich, sondern jeder Mensch auf der Welt einen Nicer Dicer haben sollte.«

»Das war nicht, was ich meinte«, stöhnt sie und wirkt leicht genervt.

»Das ist natürlich wieder klar, dass du so versucht, meine Argumente von vorhin auszublenden. Der Nicer Dicer ist der kleine Anfang zur Vereinfachung schnöder Arbeitsprozesse, damit wir viel mehr Zeit haben, Bücher zu lesen, die Welt zu bereisen und Sex zu haben!«

»Ich glaube, wir ficken nicht mehr, oder?«, fragt sie.

»Wie ignorant gehst du eigentlich über diesen Planeten? Wir, in unserer Position, in unserem Land, ficken einen Großteil der Welt pausenlos. Du erzählst mir doch andauernd, dass wir uns in Bescheidenheit üben müssen, weil es den Menschen auf dem Planeten so viel schlechter geht als uns. Aber deswegen verzichte ich doch nicht auf meinen Nicer Dicer. Ob ich einen habe oder nicht, das fickt die Welt doch nicht weniger. Das juckt niemanden! Wir sollten vielmehr schauen, dass alle Menschen einen bekommen können.

Ich fände es super interessant, ob Rosinenbomber mit Nicer Dicern dann plötzlich Nicer Dicer Schmeißer heißen

97 Dieser eine dumme Peniswitz war übrigens der erste Satz, der mir durch den Kopf schwirrte und um den dann dieser gesamte Text gestrickt wurde.

*Danke, Klaus Kleber. Die Situation ist kaum noch zu überblicken. Anscheinend sind selbst in der Demonstration zahlreiche Bürger*innen infiziert. Vor dem Bundestag findet gerade eine große Polonaise statt, bei der sich vereinzelte Infizierte in die Schultern ihrer Vorderleute gebissen haben, die scheinen das jedoch einfach hinzunehmen. Neben uns steht Kai Nensch-Immer, der Organisator und Veranstalter der Demonstration. Herr Nensch-Immer, wofür gehen Sie heute auf die Straße?*

Wir haben die Schnauze voll. Jeden Tag werden wir mehr eingeschränkt, das kann doch einfach nicht angehen! Gerade Sie, junger Mann, Sie sind doch genauso gesteuert von der Diktatur wie die restliche Presse! Sie erzählen doch nur, was die Regierung Sie erzählen lässt! Steckt doch sogar im Wort: Regierung! REGIE! Das muss man doch sehen!

Was wäre denn Ihrer Meinung nach die beste Herangehensweise, um schnell zu einem Alltag zurückzufinden? Haben Sie eine Idee, die auch den Wünschen der heutigen Demonstrationsteilnehmenden entspricht? Sollen die Impfungen schneller vorangetrieben werden?

Ach, Impfung, so ein Mumpitz! Da weiß man doch gar nicht, was einem da in den Körper geschossen wird. Meine Oma wurde auch nicht geimpft und die ist über 100 Jahre alt geworden! Und die hatte immer einen Sitzplatz, dank Polio! Wenn es diese Infektion wirklich gibt, dann müssen die einfach alle einmal bekommen und danach ist auch gut. Klar, ein paar sterben sicher, aber das tun die Alten doch sowieso täglich.

Sie wissen schon, dass die Zombifizierung nach aktuellem Stand nicht auskuriert werden kann und eine Infektion bestehen bleibt?

Das ist doch Quatsch. Nur, weil bis jetzt noch niemand gesund geworden ist, heißt das ja wohl nicht, dass das nicht noch passieren wird! Das muss man doch herausfinden. Die Homöopathie ist da auf einem guten Weg. Aber mit diesen ganzen Einschränkungen, die die Politik will, klappt das auf keinen Fall![99]

Nun, es gibt ja auch zahlreiche Personen aus der Wissenschaft, die diese Einschränkungen befürworten. Was genau ist zum Beispiel ein Problem daran, aus Rücksicht vor besorgteren Mitmenschen einen Mundschutz zu tragen, um mögliche Bisse zu verhindern?

Maulkorb meinen Sie wohl! Wir haben uns schon als Kinder gebissen und es hat uns doch auch nicht geschadet. Das gehört einfach zum Miteinander dazu. Und jetzt sollen wir plötzlich damit aufhören? Das ist doch Quatsch! Wissen Sie eigentlich, wie gefährlich das sein kann, wenn man in diesen Mundschutz hineinbeißt? Die Partikel, die dadurch in den Körper geraten, machen unfassbar krank!

Sie sagen also, es schränkt Sie ein, nicht mehr an Ihren Mitmenschen knabbern zu dürfen, verstehe ich das richtig? Wäre es nicht ein Akt der Solidarität, gerade in der aktuellen Zeit Abstand voneinander zu halten? Auch für die Menschen, die nicht gebissen werden wollen?

Ach, hören Sie doch auf! Wo kommen wir denn da hin? Es hört ja mit dem Beißen nicht auf. Es ist doch jeder Austausch von Körperflüssigkeiten, der diese angebliche Infektion auslösen soll. Das heißt, mal eben spontan je-

99 Wenn die Pandemie eines gezeigt hat, dann wahrscheinlich, dass auch im familiären Umfeld oder dem erweiterten Freundeskreis Menschen sehr anfällig für solche Denkweisen sind.

manden anspucken oder wem die Zunge in den Hals stecken ist auch verboten. So langsam dürfen wir uns wohl gar nichts mehr erlauben! Wir sind hier die wahren Opfer!

Sie streiten die Gefahr der Infektion also ab, obwohl selbst Kinder mittlerweile auf offener Straße von Erkrankten verspeist werden?

Na, da haben wir doch wieder Ihre Lügenpropaganda! Die einzigen, die hier im Lande Kinder verspeisen, das sind doch die Eliten ganz oben. Die haben sich den ganzen Kram doch nur ausgedacht, um in Ruhe ihrer Mordlust nachzugehen und es auf uns einfaches Volk abzuwälzen! Die Verschwörung ist doch von langer Hand geplant! Bundesregierung ist nur ein Anagramm für »Unsre Beerdigung«! Ich sag es Ihnen da draußen vor den Bildschirmen, die haben es auf uns abgesehen! Die wollen uns klein halten, aber bald sind genug Menschen aufgewacht und dann stürmen wir …

Vielen Dank an Herrn Kai Nensch-Immer. Klaus Kleber, Sie sehen also, die Lage hier ist katastrophal und augenscheinlich sind nur Idioten auf der Straße unterwegs. Darum sehe ich jetzt auch, dass ich hier so schnell wie möglich wegkomme. Zurück ins Studio!

Danke, Gundula Gause. Erschütternde Bilder. Laut aktuellen Informationen hat die Bundesregierung gestern beschlossen, bei einem Infektionsgrad von 10 Zombies pro Quadratkilometer den Einzelhandel zu schließen, Friseure bleiben aber weiterhin geöff… Hm … Ach so? Was soll das denn für einen Sinn … Ernsthaft? Na gut, … *räusper* Uns erreicht gerade die Meldung, dass die Bundesregierung aufgrund zahlreicher Beschwerden über die laschen Maßnahmen ihre Entscheidung zurückgezogen hat und einfach weiterhin alles geöffnet lässt. So soll gewährleistet werden, dass die Wirtschaftskette funktioniert und wir genügend Automobile für eine mögliche Flucht ins Ausland zur Verfügung haben. Es tut gut, zu wissen, dass unsere Regierung selbst in diesen Zeiten weiß, wo ihr Handeln am dringlichsten gefragt ist.[100]

Machen Sie es gut und vergessen Sie nicht, Sie sind, was Sie isst. Bleiben Sie gesund! Das war die Tagesschau! Guten Abend!

100 Ich hoffe wirklich, dass wir, wenn dieses Buch erschienen ist, alle erleichtert darüber lachen können, weil die Pandemie mittlerweile hinter uns liegt oder irgendwie in den Griff bekommen wurde. Falls nicht: großes Uff!

Freiheit!

Freiheit ... Freiheit ... ist das Einzige, was zählt!

Ich hasse dieses Lied. Wenn ich Westernhagen noch ein weiteres Mal hören muss, kotze ich euch einen Picasso an die Wand. Im Ernst jetzt, lieber würde ich mir aus nächster Nähe anhören, wie meine Großmutter »La Paloma« furzt. Das wäre wenigstens eine beeindruckende Leistung und meine Oma würde sich freuen.

Westernhagen und diese ganzen Vorschriften, Streitigkeiten – ich hab die Schnauze voll! Ich möchte mein Leben genießen, machen, was ich will. Mich ärgert selber ziemlich, dass diese heisere Dudelröhre genau das formuliert, was ich anstrebe. Aber nur weil er singt, was ich denke, ist er trotzdem nicht cool. Nazis haben schließlich auch Brot gegessen – damit hör ich ja jetzt nicht auf, wenn ne gute Leberwurst drauf ist.

Auf jeden Fall reicht es mir. Freiheit, die nehme ich mir jetzt. Ich habe alles gut geplant, habe alles Nötige an mir, was ich brauche, bin warm eingepackt ... Ich muss nur noch den Moment abpassen, an dem ich unbemerkt hinausstürmen kann in ein neues Leben. Gleich ist es soweit, wenn die Alte mitten in der Nacht wieder den Müll runterbringt, im Hof noch ihre Lungen teert, schlüpfe ich durch die Tür und weg bin ich.

Ich höre die schweren Schritte, der Schlüssel schabt einige Male über das Holz, bevor er im Schloss landet, welches gleich darauf leise klackt. Die Tür quietscht, jetzt ist es soweit. Noch bevor sie wieder ins Schloss fällt, stehle ich mich hinaus auf den dunklen Treppenflur, fliege förmlich die Stufen nach unten und hinaus in die kühle Nacht.

Lichter, Häuser bis zum dunklen, klaren Himmel. Hupende Autos, Geschrei, ein Wirrwarr aus Geräuschen und Gerüchen und alles zieht an mir vorbei und überflutet mich, während ich durch die Straßen laufe. Faszination überschwemmt mich, ich bin zufrieden, ich bin frei, ich kann machen, was ich will, ich kann gehen, wohin ich will.

Will ich in eine andere Stadt? Nichts wie hin da!

Will ich nachts ins Freibad einbrechen? Nichts wie hin da!

Will ich mich völlig aus dem Leben scheppern? Was hält mich auf?

Westernhagen hatte recht und dafür finde ich ihn eigentlich noch ätzender, aber wieso stört mich das? Scheiß drauf! Die Welt liegt mir zu Füßen und ich steh drauf! Ich geh drauf ... wohin ich will!

Es regnet. Wie Trommelfeuer prasseln dicke, schwere Tropfen auf die Pappe, unter der ich gerade sitze. Sie hält mich halbwegs warm und trocken, aber auch nur, weil die ganz kalten Monate bisher nur angeklopft haben. Hupende Autos, Geschrei, ein Wirrwarr aus Geräuschen und Gerüchen halten mich davon ab, endlich einzuschlafen. Es riecht fischig. Fand ich eigentlich mal ganz angenehm, aktuell kann ich es nicht mehr riechen. Der Sushi-Laden um die Ecke hängt mir auf Dauer zum Hals raus. Aber wo soll ich denn hin? In eine andere Stadt? Wie denn? In eine andere Straße? Und dann?

Es ist erstaunlich, wie viel Menschen in die Müllcontainer schmeißen, was noch vollkommen in Ordnung ist. Ich bin vor allem hier, weil ich regelmäßig gutes Essen finden kann, das eben nicht nur aus stinkenden Sushi-Resten besteht, sondern auch aus dem ganzen Kram, den der Supermarkt um die Ecke hier entsorgt. Frisches Brot, Joghurt, Obst. Verhungern musste ich bisher noch nicht und im Gegensatz zu anderen Orten bleibt es mir außerdem auch erspart, vorbeilaufende Menschen mit großen Augen anzubetteln, in der Hoffnung, ein kleines bisschen ihrer Aufmerksamkeit und ihrer Zuneigung zu erhaschen.

Ich war schon immer jemand, der eigentlich ganz gern seine Ruhe hat. Umso schwerer fällt es mir daher, bei fremden Menschen so anzubandeln. Ich blicke dabei auch neidisch auf die ganzen Überlebenskünstler, die sich hier ebenfalls so rumtreiben, die sich an die Regeln der Straße angepasst zu haben scheinen und sich nur selten anmerken lassen, was mir fast täglich durch den Kopf geht. Auch sie merken: Ich gehöre hier nicht hin. Und das lassen sie mich auch deutlich spüren. Die Wunde auf meinem Kopf ist noch immer nicht ganz verheilt ...

Freiheit ... Freiheit ... ist das Einzige, was zählt!

Aber Freiheit heißt nicht, sich völlig von allem zu lösen. Was bringt mir die Befreiung von allen Regeln, wenn ich damit dann doch nichts anfangen kann, meine Wünsche nicht angehen kann und auf das Wohlwollen von Fremden angewiesen bin?

Ich sehe nicht mehr viele Möglichkeiten für mich, schleppe mich hinaus in den Regen. Mit frisch gefasstem Entschluss merke ich die tausenden kleinen Wassereinschläge auf meinem Körper kaum. Ich renne. Zurück. Die einzige Möglichkeit, die ich noch sehe, meine gewünschte Freiheit irgendwie anzustreben. Ich renne, bis das alte Haus irgendwann vor mir aufragt, lehne mich an die Tür und rufe, in der Hoffnung, erhört und aufgenommen zu werden, mit aller Kraft: »Miau!«

Jetzt ist nämlich auch mal genug. Konflikte hier, Konflikte da, alles ist Mist, überall ist es stressig. Ich will meinen Kopf jetzt nicht mehr so doll anstrengen und die Quatschquote nochmal einen kleinen Schritt weiter nach oben befördern. Wie wäre es damit, einfach jegliche Grenzen der herkömmlichen Welt zu sprengen und sich meckernde Planeten, fliegende Schildkrötenpanzer, wütende Alpakas oder Popel schwingende Babys vorzustellen? Das ist doch ein großartiger Ansatz, um mit einem guten Gefühl dieses Sammelsurium an Geschichten und Erzählungen zu beenden. Die letzte Etappe wird eingeläutet, bevor ihr das Buch zur Seite legen könnt, es wieder von vorne beginnt, es verleiht oder einfach selbst eins schreibt. Warum auch nicht? Das hier wurde ja schließlich auch gedruckt und irgendwer hat es sich sogar gekauft. Du zum Beispiel oder zumindest die Person, die dir dieses Buch geschenkt hat, weil ihr nichts Besseres eingefallen ist. Klärt das besser unter euch! Wichtig ist doch, dass wir bei all den Schwierigkeiten um uns herum nicht den Spaß und unser Gespür für Unsinn verlieren. Also vielen Dank, dass du bis hier durchgehalten oder einfach bis zum letzten Kapitel vorgeblättert hast. Beides sind starke Leistungen!

Wolliger Weltuntergang

Tag 1

Wir hatten nicht damit gerechnet, dass es so schnell losgeht. In einem Moment läuft man noch gemütlich durch den Supermarkt, hat schon wieder vergessen, wo nochmal die eingelegten Champignons zu finden sind, und legt stattdessen zwanzig Packungen Chocolate Cookies in den Einkaufswagen und im anderen Moment bricht unvermittelt Panik aus, alte Menschen werden in der Hektik von Einkaufswagen überfahren ... und wieder zurück ... und wieder überfahren ... und wieder zurück ... und wieder überfahren ... Es geht nur noch darum, so viel wie möglich mitzunehmen und sich für den Notfall zu wappnen. Die eingelegten Champignons finden sich plötzlich sehr schnell, weil der Großteil der Menschen sich auf Mehl und Klopapier stürzen. Chaos bricht aus, die angekündigte Katastrophe wirft ihre ersten Schatte voraus und ich bin froh, meinen Einkauf nicht bezahlen zu müssen.[101]

Tag 3

Wir haben die Wohnung jetzt schon länger nicht mehr verlassen. Die Straßen sind wie ausgestorben, obwohl die große Katastrophe bisher noch nicht mal angekommen

101 Ich nenne das übrigens den Fünf-Finger-Rabatt.

ist. Alles, was man draußen an Verwüstung sieht, ist menschengemachte Handarbeit. Läden sind geplündert, Autos ausgebrannt. Innerhalb des ersten Tages haben die Einwohner der Stadt sich wie ein Schwarm Termiten über einen morschen Holzstuhl durch den Ort gefräst. Wer es wagte, sichtbar eine Rolle Klopapier zur Schau zu tragen, wurde auf der Stelle von plündernden Banden erschlagen. Kein Stein liegt mehr auf dem anderen. Vereinzelte, verlorene Seelen geistern noch durch die Häuserschluchten, wo sie kurzerhand von einer Gruppe Kleinkinder zerfleischt werden, die bei den ersten Anzeichen des Untergangs allein und ohne Vorräte im Hort gelassen wurden. Die verzweifelten Schreie der Menschen, die unter dieser Welle an kleinen Körpern verschwinden, schallen durch unsere verbarrikadierten vier Wände. Wir warten noch immer auf den großen Knall, der sich vorgestern angekündigt hat.

Tag 7

Die anderen im Haus lassen ihre Wut an mir aus. Anscheinend reichen Chocolate Cookies, Champignons, Chips und ein Haufen Videospiele nicht aus, um langfristig in einer Wohnung zu überleben.[102] Meine Mutter, die schon zum Jahrtausendwechsel aus Angst vor dem Computercrash die erste Generation der Prepper mitgegründet hat, schlägt mir jede Stunde unvermittelt ins Gesicht. Ihre Hände bilden erste Schwielen vom Backpfeifengewitter. Damals dachte man, dass mit dem Jahreswechsel alle technischen Geräte explodieren, Amok laufen oder einfach ausfallen würden. Da hätte ich doch mitbekommen müssen, wie man sich auf den Ernstfall vorbereitet. »Aber es ging alles so schnell«, sage ich.

102 Nach einer deutlich längeren Zeit des Social Distancings kann ich jedoch bestätigen, dass das ganz gut geht.

Mutter schlägt mich erneut. So habe sie mich nicht erzogen. Wir bräuchten Medizin, Vitamine. Aber ob sie jetzt weiter ihre Globulis frisst oder Hubba Bubba mit Heringgeschmack, macht auch keinen Unterschied mehr, denke ich mir. Ich überlege kurz, ob ich lieber von einer Horde Kleinkinder gefressen würde, als mit meiner Familie eingesperrt zu sein. Es gab schließlich Gründe, weswegen ich damals ausgezogen bin. »Das ist fürs Studium einfach besser, Mama.« Unfassbar, dass sie mir das geglaubt hat. Aber ich bleibe. Ich setze mich auf mein Bett und knabbere an meiner letzten Tüte Peperoni-Chips. Ab morgen gibt es nur noch Geschmacksrichtung »Döner mit alles«. Dann beginnt der wahre Ernst dieses Weltuntergangs. Diese Sorte Chips verstößt mit Sicherheit gegen die Genfer Konvention. Doch draußen herrscht noch immer die Ruhe vor dem Sturm.

Tag 13

Wir haben mit Opas Kleidung ein Feuerchen gemacht. Die Heizungen funktionieren nicht mehr und vor allem nachts ist es kalt hier. Opa weigerte sich leider, seine Kleidung auszuziehen, weswegen wir ihn kurzerhand mitanzünden mussten. Immerhin ein Maul weniger, das wir mit Chips stopfen müssen. Er hat die Curry-Geschmacksverstärker eh nicht vertragen und für unerträgliche Gerüche gesorgt. Da wir so die Fenster nicht mehr geschlossen halten konnten, hat er sich also selbst den Anlass für das Feuerchen geliefert. Wir sitzen nun versammelt um Opas brennenden Körper und lauschen. Vor einer Stunde war ein lauter Knall in der Ferne zu hören. Und nun schon wieder. Ein leises »Määäh« wird mit dem Wind in unsere Richtung getragen. Ist es nun endlich soweit? Ist heute der Tag des jüngsten Gerichts? Ist sie endlich hier, die Alpakalypse?

Tag 15
Nein, war sie nicht. Aber wir sitzen noch immer am geöffneten Fenster und lauschen. Mutter merkt an, dass ihr Vater viel zu zäh sei, und weicht das Fleisch in der restlichen Limonade auf. Doch neben dem Blubbern der Flüssigkeit ist auch ein leichtes Vibrieren eben jener zu sehen. Etwas Großes scheint im Anmarsch zu sein. Und da hören wir es auch schon. Ein ohrenbetäubendes »Määäh« schallt durch die Straßen und mit einem Mal bricht die Hölle los. Ein riesiger Schwarm flauschiger Alpakas bahnt sich seinen Weg an Autowracks und menschlichen Überresten vorbei. Kein Millimeter der Straße ist unter blutverschmiertem Flausch mehr zu erkennen. Ein paar Kleinkinder stürzen sich mit hungrigen Blicken auf die Herde, werden aber kurzerhand zertrampelt. Ihre Schreie sind unter dem Lärm der possierlichen Killermaschinen nicht zu hören. Das ist die Quittung für das jahrelange Betüdeln und Kuscheln dieser Tiere, die sich irgendwann dachten: »Wisst ihr ... Wie wäre es mit nö?« und ihren Streifzug starteten. Jahrelanges Domestizieren und Anseufzen von Tieren, die dadurch mental ganz individuelle Vorhöllen erlebten, wird so eben zurückgezahlt.

Tag 18
Die Nahrungsmittel sind knapp. Opa kann man nicht mehr essen, Vater ist seit zwei Tagen nicht mehr aufgetaucht. Als nach der großen Alpaka-Welle nur noch vereinzelte Tiere durch die Straßen zogen, um hier und da an einem Busch zu knabbern und zertrampelte Menschenkörper anzuspucken, hielt er es für sicher genug, noch etwas Proviant zu suchen. Aber irgendwas muss wohl passiert sein. Wir haben uns seit vier Tagen kaum noch an die Fenster gewagt. Der Ansturm der Tiere scheint das Fundament vieler Häuser ins Wanken gebracht zu haben. Auch unser Gebäude schwankt bedenklich, hier und da bröckelt

immer wieder Baumaterial ab. Wir befürchten, dass die kleinste ruckartige Bewegung alles zum Einstürzen bringen könnte. Alpaka-Speichel rostet anscheinend Stahlträger soweit an, dass selbst die höchsten Bauten sich dieser Naturgewalt beugen.

Tag 19
Die Nerven sind zum Zerreißen gespannt. Nahrungsknappheit und die vier Wände mit der Familie teilen lässt jegliche Zivilisiertheit verschwinden. Ein falscher Blick und es hagelt Backpfeifen, ein falscher Mucks und Mutter würde die Person kurzerhand aus dem Fenster werfen. Es braucht nicht viel, damit hier alles den Bach runtergeht. Von Vater ist weiterhin keine Spur, Mutter hat vor seinen Arbeitsschuhen eine Grabrede gehalten, da diese noch am ehesten nach einem toten Körper rochen. Ich bin mir jedoch sicher, dass er wahrscheinlich einfach in der Nachbarswohnung Unterschlupf gesucht hat. Sind wir mal ehrlich: Ich wäre auch nicht zurückgekommen. Aber raus traue ich mich dennoch nicht. Im Westen sieht man eine riesige Staubwolke, die die fortziehende Alpakaherde verursacht. Kilometerweit ragt sie in den Himmel, vereinzelt ist der Duft unzähliger Huftierexkremente zu erschnuppern. Doch nicht nur das: Als der Wind ungünstig steht, trägt dieser auch ein schwaches »Määääh« in unsere Wohnung. Das ist der letzte Funke für Mutters Zündschnur. Panisch springt sie auf, um sich irgendwo zu verstecken, doch diese Bewegung ist die eine zu viel. Das Haus beginnt, zu knarzen, die ersten Brocken fallen. Kurz darauf bricht das gesamte Gebäude in sich zusammen, wir darunter begraben. Die Alpakalypse findet für uns so ihr Ende, zusammen mit der Erkenntnis, dass der Mensch, der sich über die Natur hinwegsetzen will, irgendwann eine mächtige Antwort bekommt.

Galaktische Gang

Seit ich denken kann, war ich Teil dieser Gang. Selbst, wenn wir weit voneinander entfernt waren, stand nie zur Debatte, ob wir zusammengehören oder nicht. Wir drehten gemächlich unsere Runden, erlebten Krisen, manchmal knallte es, manchmal war es einfach nur ruhig und entspannt. Wir waren wie eine Familie. Und jetzt … jetzt ist das alles Geschichte. Seit einigen Jahren gehöre ich nicht mehr dazu, werde ausgeschlossen. Andauernd fragen Personen, wieso ich denn nicht mehr mit am Start sei, was das Problem und was genau vorgefallen sei. So richtig erklären kann ich mir das allerdings auch nicht.

Seit Ewigkeiten bin ich der Gleiche wie zuvor, verändert habe ich mich nicht, was auch auf die meisten anderen meiner alten Gang zutrifft. Und dann kommt von jetzt auf gleich diese dumme alte Erde und posaunt raus: »Ey, Pluto, du bist kein Planet mehr! Fick dich!«

Gerade die Mutter Erde … Diese alte MILF, ständig feucht, die sich einen Haufen Parasiten eingefangen hat und langsam, aber sicher an denen zu Grunde geht! Jeder und jede soll wen und wie viele auf sich drauflassen, wie er oder sie will, aber doch nicht völlig ohne Schutz! Irgendwann reißt so ne Ozonschicht dann halt. Jetzt vermehren sich diese Wesen ohne Ende, treiben sie langsam, aber sicher in den Abgrund, bis von ihrem Glanz irgendwann nur noch ein ekelhafter, stinkender Klumpen übrigbleibt. Was hat sie dann noch Besonderes zu bieten, außer dem kleinen Mond, der ihr dermaßen in den Arsch kriecht und sich ständig nur an ihr orientiert? Da könnte ich kotzen.

Ich weiß, ich bin der Kleinste von euch. Wurde immer wieder auf den Arm genommen, wenn ich mir ein »Haha, hey, Pluddo« anhören durfte und mir zugepfiffen wurde, als sei ich ein blöder Köter. Ich stand immer etwas außen vor und hatte meine Probleme, Nähe zu euch aufzubauen. Dass dann aber trotzdem alle kommentarlos mitziehen, als ich ausgestoßen wurde, hat mich stark verletzt. Klar, unsere Truppe war nie die einfachste. Schließlich dreht sich alles um diese strahlende Persönlichkeit. Die alte Sonne hängt hier schon am längsten rum, hat so nach und nach ihre Crew um sich gesammelt und überzeugt seit jeher mit einer richtig heißen Ausstrahlung und unwiderstehlicher Anziehungskraft. Sie wirkt fast schon arrogant! Dabei vergisst sie aber gerne, dass ihr Verhalten unfassbar destruktiv ist. Irgendwann wird sie völlig ausgebrannt sein und dann war‹s das für sie. Zusammen mit Merkur, diesem kleinen Anhängsel mit Mutterkomplex. Konnte sich nie wirklich von der Sonne lösen und klebt regelrecht an ihr. Das hat er sich selbst eingebrockt, mitgerissen zu werden, wenn unsere Mitte sich in einem großen Knall verabschiedet. Wir werden dann weiter am Start sein und uns ein neues Ziel suchen, aber die Sonne, die ist dann weg. Ist halt etwas doof, wenn man ununterbrochen Energie rausballert und verbrennt. Kein Wunder, dass es ihr daher völlig egal ist, ob ich jetzt weiterhin dabei bin oder nicht. Zwischen uns liegen Welten!

Aber die anderen sind natürlich auch nicht besser. Venus, die heißeste der Truppe, weil sie sich mit stinkendem Stickstoff zuballert und damit aufkocht wie blöde. Das kann doch nicht gesund sein. Wer will sich denn mit sowas abgeben? Mars vielleicht, aber der Typ denkt ja ernsthaft, dass dieses Techtelmechtel nicht auffalle, weil sie nicht direkt nebeneinander laufen. Das ist doch Quatsch. Ich hab ihn mal damit konfrontiert und zack, ist der knallrot angelaufen.

Der Saturn mit seinen Rettungsringen aus Eis. Der Gute ist so kaltherzig, auf ihm regnet es Methan. Das kommt anderen aus dem Arsch. Aber was will man auch von jemandem erwarten, der sich »Gasriese« nennt? Er und sein großer Bruder Jupiter entwickeln doch langsam absolute Gottkomplexe. Nur, weil sie eine ganze Horde an Monden um sich rumschwirren haben! Wie die Fliegen. Kein Wunder, bei dem Geruch, den ihre Gase ausstoßen. Jetzt wird mir auch klar, wieso ein Planet namens Ur-Anus sich zu den beiden gesellt hat.[103]

Wisst ihr, ich brauche euch nicht. Treibt euch doch selbst in den Abgrund! Es sieht doch jeder, dass dieses Sonnensystem so nicht mehr auf ewig bestehen kann, wenn sie sogar die sinnvollsten Eselsbrücken einreißen. Mein Vater erklärte mir jeden Sonntag unsere neun Planeten ... Und jetzt? Neptun sollte seinen Namen ändern. Mein Vater erklärte mir jeden Sonntag unsere Acht! Aus Neptun wird Apptun, da passt sich wenigstens jemand an die Digitalisierung an. Oder Abturn, denn jetzt, wo ich raus bin, ist Neptun der Außenseiter am Rand des Sonnensystems – und wer will mit so jemandem rumhängen?

Das Universum ist groß genug. Wieso sollte ich mich über die alten Weggefährten aufregen? Wozu Energie verschwenden oder weiter schlecht über sie reden? Wen interessiert das? Was bringt das? Ich habe meine Energie in die Suche nach etwas Neuem gesteckt, als die Reserven

103 Ich muss beim Uranus immer an einen alten Sketch aus Jackass denken, in dem Johnny Knoxville in das Städtchen Uranus fährt, sich einfach umsieht und die Bevölkerung fragt, was alles so in Uranus (ausgesprochen wie »your anus«) zu finden sei.

wieder voll und die Grundlagen damit geschaffen waren. Um meine Umlaufbahn herum habe ich eine ganze Horde an Zwergplaneten gefunden, denen ich mich anschließen konnte und wo ich mit Empathie und Herzlichkeit angenommen wurde. Wir sind sogar so viele, dass wir mein altes Sonnensystem komplett umzingelt haben.

So allein ihr euch auch fühlen mögt, irgendwo in den unendlichen Weiten findet ihr sicher jemanden, der euch doch wieder aufnimmt und euch in seinen Kreis lässt. Ihr dürft nur nicht an dem festhalten, was euch nicht zu schätzen weiß.

Mein größtes Hobby

Ich sage, ich habe ein Hobby. Alle anderen sagen, ich habe kein Leben. Ich spiele Videospiele!

Und ich meine damit nicht, dass ich erzähle, ich würde nur Super Nintendo spielen, weil früher einfach alles am besten war und nur die ersten 151 Pokémon die einzig wahren seien, denn wer behauptet, früher war alles besser, der klingt wie mein Urgroßvater und der hat damals wahrscheinlich auch Hitler gewählt. Ich meine, ich bitte euch – fliegende Magneten, ein brauner Stöpsel, der aus dem Boden guckt, oder ein lilafarbener Haufen Scheiße? Die ersten Pokémon waren ja alle superkreativ! Pfff!

Nein, wenn ich sage, ich spiele Videospiele, dann meine ich, dass ich jeden Monat nachschaue, was neu herauskommt, dann meine ich, dass ich in manchen Monaten zur Hälfte schon mit meiner Freundin streite, wieso ich kein Geld für ein romantisches Essen habe, aber jeden Tag fünf neue Spiele herunterlade, dann meine ich, dass mein Bücherregal voll mit Spielen ist, bei denen ich zu 90 % noch immer keine Zeit gefunden habe, sie überhaupt auch nur ein einziges Mal zu spielen.[104]

104 Obwohl dieser Text sehr alt ist (es war der erste Text, den ich für einen Poetry Slam geschrieben habe), ist der Stapel mit der Zeit vor allem größer geworden. Ich habe aufgehört, zu zählen, wie viele Spiele ich noch nicht gespielt habe, die hier in den Regalen rumfliegen.

Ich sage, ich habe ein Hobby! Alle anderen sagen, ich habe kein Leben. Ich spiele Videospiele! So oft, dass ich beim Betreten fremder Häuser erst mal alle Schränke und Schubladen öffne und Blumentöpfe gegen die Wand werfe, in der Hoffnung, dort ein bisschen Kleingeld zu finden.

So oft, dass ich für den Vorwurf »Du kämpfst wie ein dummer Bauer« sogar schon die passende Antwort parat hätte – wenn sich bloß endlich jemand trauen würde. Auf die Frage nach dem Geburtstag meiner besten Freunde oder dem Jahrestag meiner Beziehung kann ich leider nicht so schnell antworten, da in meinen Kopf solche Daten nicht passen, dafür aber die Namen aller mittlerweile über 900 Pokémon.

Das führt dann dazu, dass ich mich manchmal besser nicht bei diesen Menschen blicken lasse und einen anderen Ort aufsuche. Einen Ort, an dem ich der Allerbeste bin, wie keiner vor mir war …

Ich spiele so oft, dass ich beim Packen meines Kofferraums die Tetris-Melodie summe, dabei dämlich grinse und mich frage, wieso die untersten Reihen nicht einfach verschwinden, damit mehr ins Auto passt.

Ich habe ein Hobby, aber alle anderen sagen, ich habe kein Leben. Und deswegen fuhr ich eines Nachts mit meinem vollgepackten Auto allein auf der Autobahn, tagträumte vor mich hin, überholte Wagen um Wagen, und wurde doch niemals erster, denn die Strecke hörte nicht auf und es gab immer ein Gefährt, das vor mir auftauchte.

Ein Blitzen hinter mir signalisierte mir dies erneut, ein Blick in den Rückspiegel zeigte mir einen Wagen, der die Lichthupe rhythmisch über das Heck meines Gefährts flackern ließ, um kurz darauf rechts wie ein geölter Blitz an mir vorbeizuzischen. Das Auto war ein Gewinner, es eroberte die Strecke, kam überall eher an als ich und erreichte damit Orte, die ich nie so jung sehen würde wie dieses Auto.

So griff ich seufzend zu meiner Banane, vertilgte verträumt und leicht gefrustet meinen mitternächtlichen Snack, war dankbar, dass sie mir nicht von einem übergewichtigen Krokodil mit Krone auf dem Kopf geklaut worden war und entsorgte den biologisch abbaubaren Abfall gekonnt durch das Fenster auf die Fahrbahn.

Mit einem Mal hörte ich einen Knall, nur übertönt durch ein hilfloses »Auauauauau«, blickte nach hinten und sah, wie sich ein großer Tanklaster pirouettenartig drehte, schlussendlich umfiel und in einem Flammenball aufging. Während das Feuer durch den Rückspiegel in meinem Gesicht tanzte, bemerkte ich mit einem Lächeln, dass ich in meinem Element war.

Alle sagen, ich habe kein Leben, aber ich sage: SELBER! Ich habe ein Hobby und dieses Hobby würde mir hier und heute in dieser Nacht die Autobahn zu Füßen legen. In weiter Ferne sah ich zwei einsame rote Punkte wie kleine Augen, die mich spöttisch anfunkelten, und mir war klar, dass dieser erste Platz heute doch mir gehören könnte.

So öffnete ich mein Fenster und griff nach oben in den Regenbogen-Boulevard, der sich durch das Flammenspiel des rotierten Lastkraftwagens abzeichnete, griff mir einen Stern und ließ mein Gefährt in bunten Farben erleuchten, um die Distanz zwischen mir und dem Wagen von zuvor zu verringern.

Energisch trommelte ich die Melodie der Sterne auf meinem Lenkrad, um irgendwie noch einige Meter auf meinen Erzfeind aufzuholen, als ich neben mir ein leises »Häääh« vernahm. Ich blickte zur Seite und sah Jaque. Jaque ist meine Schildkröte und dank YouTube wisst ihr, dass Schildkröten nun mal so klingen, wenn sie erregt sind.[105] Jaque war bereit, ein Opfer zu erbringen, und so griff ich

105 YouTube-Empfehlung an dieser Stelle: Taylor Swift Turtle Remix. Dankt mir später!

ihn, bemalte seinen Panzer in einem tiefen blau, klebte einige Nieten auf seine Platten und warf ihn mit voller Kraft aus dem Fenster. Mein treuer Begleiter zog einen glitzernden Schweif des Erfolges hinter sich her, als er nach einer kurzen Orientierungspause mit einem Panzertempo nach vorne flog. Die roten Lichter verschwanden in einer blau leuchtenden Explosion, an der ich geschickt vorbeilenken konnte. Die Autobahn gehörte mir, ich würde Orte sehen, die niemand sonst mehr so jung sehen würde wie ich!

Ich sage, ich habe ein Hobby. Alle anderen sagen, ich habe kein Leben und vielleicht haben sie recht. Aber heute Nacht ... heute Nacht war ich Erster, *werd ich der Allerbeste sein, wie keiner vor mir war!*

Das Prequel

»Star Wars«. Ein Märchen für unzählige Generationen. Geschichten über Helden und Heldinnen, Bösewichte, Aliens und Weltraumschlachten. Geschichten über Glauben, Willensstärke, Zweifel und leuchtende Schwerter. Kaum ein Bestandteil der Popkultur schafft es, die Massen so zu bewegen, von jung bis alt fiebern wir alle mit denselben Helden. Und auch wenn die neuen Entwicklungen zu großen Debatten und Streitigkeiten darüber führen, wie gut oder schlecht die neuen Filme wohl sind, sollten wir nie vergessen, worüber wir uns alle einig sind: die Prequels. Das Beste, was dieser Franchise hätte passieren können. Podrennen, spektakuläre Kampfchoreografien, ein Verständnis vom politischen System einer ganzen Galaxie. Die nötige Unterfütterung für all die Geschichten, die wir lieben gelernt haben. Doch in diesen Verstrickungen an Erzählungen kam eine Geschichte immer zu kurz. Ein Film, der für sich steht und dessen Vorgeschichte bisher unerzählt blieb. Eine Aufgabe, die ich liebend gerne übernehmen werde. Das Prequel für das »Star Wars Holidays Special«! 97 Minuten, in denen man fast nur Wookies sprechen hört, werfen Fragen auf. Vor allem folgende Sachen geistern uns allen durch den Kopf: »Hä?« und »Wer zum Henker hat das durchgewunken?« So lasst uns Lichtschwert ins Dunkel bringen, die Mysterien um dieses

Monument der Filmgeschichte aufklären! Und damit, liebe Leute, starten wir mit dem Text des Opening Crawls!

Es war einmal vor langer Zeit in einer weit, weit entfernten Galaxis.[106]
Auf Kashyyyk steht der Tag des Lebens bevor. Alle Wookiees rüsten sich für das große Fest. Chewbaccas Familie ist voller Vorfreude, ihren weit gereisten Verwandten zu sehen. Die Vorbereitungen laufen auf Hochtouren. Der Vater der Familie, Itchy, hat sich auf den Weg gemacht, die Tiere für das große Mahl zu jagen. Doch diese traditionelle Aufgabe birgt große Gefahren in der Wildnis des Planeten. Zum Glück ist das Familienoberhaupt nicht alleine. Ein überraschender Gast ist aufgetaucht, um die Nachfahren alter Freunde kennenzulernen.

»Ooooh, michse direkt gewusst, dass das kein gute Idee seien …«

PIU-PIU-PIU!

»Rrrrooaaar!«

PIU-PIU!

»Viel zu gefährlich. Schießen beinahe auf armen Gungan. Michse wollten doch nur helfen. Eieiei …«

»Ruuaaarr, rururu– raaarr, ruaar!«

PIU-PIU-PIU!

Itchy rennt einer großen Kreatur hinterher und weist unser aller Liebling Jar Jar Binks darauf hin, ihm zu folgen, damit er weder gefressen werden noch versehentlich ich einen Laserschuss geraten kann.

»Eieiei, michse verstehen diese Dialekt doch nicht. Besser hinterhergehen, zu gefährlich hier für eine Gungan!«

106 Am besten lasst ihr jetzt im Hintergrund das »Star Wars«-Thema laufen, um in Stimmung zu kommen.

Währenddessen, diverse Kilometer weiter am anderen Ende des Jagdgebietes, bereitet die Familie das Haus für Chewbaccas Rückkehr vor.

»Ruuuaaar, ruaar ruaar!«

»Ruar?«

»Groar HRRRR Groar.«

»Hrahrahra!«

Die Mutter des Hauses war schon immer für ihren großartigen Humor bekannt.

»Ruar Hrr Ruar.«

»Ruarrr ruarr ru ... Ruar Hrrrrrrr.«

»Hroh! Ruar ruar ruar!«

»Hrrrr Ruar, ruaaaaaaar?«

»Ruar rrrruuuuuuu!«

»Ruar ruar.«

»Ruar!«[107]

Und während das Haus langsam immer mehr blitzte und blinkte wie die tausenden Sterne am Himmel, warf die Familie einen besorgten Blick nach draußen, wo noch immer ein heißer Kampf um den großen Braten stattfand.

PIU-PIU!

»Ruuuar!«

PIU-PIU-PIU-pchuh!

Ein Schuss zerfetzte den Stamm eines riesigen Baumes, welcher sich langsam zu senken begann.

»Ruuar ruuuaaaaar!«

Doch Itchys Rufe schienen nichts zu bewirken.

»Eieiei, michse nichts verstehen, was er von mir will. Wieso fuchtelst erse so mit sein Armchen? Michse bleiben besser hier stehen. WIE DU WILLST, GROßE PELZIGSTE WESEN, MICHSE WARTEN HIER!«, rief er noch durch den

107 Wenn ihr diesen Dialog nicht versteht, seid ihr nicht alleine. Auf dem Deichbrand-Festival durften sich ca. 6.000 Leute dieses Gespräch anhören und waren höchst verwirrt. Selbst schuld, wer auf einem Festival einen Poetry Slam besucht.

dichten Dschungel, als sich der Baum langsam, aber sicher auf ihn herabstürzte.

Nun mag die ein oder andere Person sich fragen: »Hä?«, »Wer zum Henker hat das durchgewunken?« und natürlich: »Was macht Jar Jar Binks auf Kashyyyk?«

Doch die Antwort ist schon immer dieselbe gewesen: Niemand weiß, warum Jar Jar Bings überhaupt irgendwo auftaucht und wieso er existiert. Aber am Ende ergibt alles einen Sinn und ihr seid große Fans aller Prequels! Immerhin wurde Jar Jar ab diesem Zeitpunkt nie mehr gesehen. Wobei, nein – das stimmt nicht ganz. Itchy merkte nämlich schnell, dass der hagere Körper eine wunderbare Vorspeise abgeben würde. Doch wie diese zubereitet werden würde, nun, das ist eine andere Geschichte.

»The Purge«

»Sagt mal: Wieso ist Bananenbrot eigentlich eher ein Kuchen? Wie würden wir Fahrrad fahren, wenn die Knie auf der anderen Seite wären? Und diese ganzen Typen, die behaupten, Frauen würden nur Rosen ausscheiden ... schenken die ihren Freundinnen am Valentinstag dann nicht eigentlich gebündelte Scheiße?«

Ogün ist der Mann für die wichtigen Fragen. Wenn ihm etwas durch den Kopf geistert, ist es immer auch wichtig genug, laut ausgesprochen zu werden. Ein Talent, das vielen Menschen leider fehlt. Marius, der links von ihm auf dem Boden sitzt, den Kopf erschöpft auf der Couch bettend, schaut ihn mit großen Augen an und murmelt etwas in seinen Schal, das wie Zustimmung klingt. Er ist der Typ Mensch, der recht schnell schweigt, wenn er betrunken wird, bis er dann irgendwann nur noch in Shyriiwook, der Sprache der Wookies, mit einem kommunizieren kann. Aber Ogün hat schon recht: Solche Fragen wollen beantwortet werden, wenn das Jahr sich dem Ende neigt und man keine Ahnung hat, wie der nächste Tag aussehen wird. Wenn alle Vorsätze und Pläne wieder auf Null gestellt werden und niemand so genau weiß, was davon tatsächlich umgesetzt werden kann. Dafür habe ich in meine Wohnung geladen, um zum Jahreswechsel in Sicherheit zu sein.

Wenn ein Mensch mit seinem Leben abgeschlossen hat, dann verbringt er am besten die Silvesternacht in Duisburg. Was hier auf den Straßen passiert, ist weder friedlich noch nachvollziehbar. Wer denkt, der Film »The Purge – Die Säuberung« sei fiktiv, war an Silvester noch nie in Duisburg unterwegs. Die Regeln der Zivilisation werden abgelegt, Sprengstoff aus aller Welt in die Stadt geliefert und schon Tage vor dem eigentlichen Fest gerät das gesellschaftliche Miteinander immer mehr aus den Fugen, bis es dann am Ende in einem großen Knall vollkommen außer Kraft gesetzt wird. Kurzerhand bricht Krieg zwischen Menschen aus, die so deprimiert zu sein scheinen, dass sie diesen einen Tag brauchen, um mal so richtig Spaß zu haben. Es ist die eine Möglichkeit für Brigitte und Achim, aus dem schnöden Büroalltag zu entkommen und sich mal so richtig verrückt zu fühlen. So spießig ist man ja wohl nicht, wie alle es immer denken.

Jedes Jahr umgehen wir dieses Schlachtfest mit einer entspannten Hausparty. Es gibt nur zwei einfache Regeln: Die Wohnung wird nicht verlassen und niemand schaut »Dinner for One«! Dass sich dieses Filmchen so lange im deutschen Fernsehen halten konnte, sagt alles über den hiesigen Humor, was man wissen muss. Jedes Volk bekommt die Gags, die es verdient. Und wenn Menschen seit Jahren über dieselbe Geschichte lachen, wie ein alkoholkranker Butler von der verrückten Bourgeoisie ausgenutzt wird und ständig über einen toten Tiger stolpert, wundert es mich auch nicht, dass die erfolgreichsten Comedians des Landes mit den immer wieder gleichen Geschichten über ihre Freundin ganze Stadien füllen. War mal witzig, wird also auch immer witzig sein. Wieso auch weg von alten Traditionen, die Besinnung auf die deutschen Werte hat ja wohl noch nie zu etwas Negativem geführt, oder? Meine Großeltern haben zumindest nichts mitbekommen.

»Wen interessieren eigentlich solche schwachsinnigen Fragen?«

Felix meckert in Ogüns Richtung. Er ist derjenige, der sich jedes Jahr für unser kleines Beisammensein ein riesiges Quiz ausdenkt, in dem er in über 100 Fragen das gesamte Jahr abarbeitet. Dabei versteht er nicht so ganz, wieso wir irgendwann alle abschalten, wenn er wissen möchte, wie die Tierschutzpartei in der Emskirchener Kommunalwahl abgeschnitten hat, auch wenn das seiner Aussage nach »nun wirklich in jeder Zeitung gestanden hat«. Letztes Jahr hat Marius bei Frage 68 das komplette Wohnzimmer vollgekotzt. Wenn Felix fragen würde, welche Farbe und Konsistenz die Stückchen hatten, die danach in seinem Gesicht klebten, hätte ich die Punkte sicher.

»Das ist doch völlig albern! Ihr interessiert euch einen Dreck um das aktuelle Weltgeschehen! Manchmal frag ich mich wirklich, wieso ich mit euch überhaupt Zeit verbringe! Ihr habt gerade so viele Gehirnzellen, um nicht ins Wohnzimmer zu kacken!«

»Du vergisst das Silvester von vor drei Jahren«, merke ich kurz an.

Mitten in Felix Ausraster erhebt sich dann auch leise Ogüns Stimme: »Ähm ... Leute?!«

»Ich schwör dir, Ogün, wenn du mich jetzt noch einmal fragst, ob Gentleman einen anderen Künstlernamen bräuchte, wenn er mega unhöflich wäre, reiß ich dir den Arsch so weit auf, dass ich dich auf einen Stock stecken und als Regenschirm benutzen könnte!«

Ogün schüttelt den Kopf: »Nein, jetzt mal ernsthaft ... Marius ist rausgegangen!«

Die Tür steht sperrangelweit offen. »Wie spät ist es?«

Felix stellt sich neben mich und schaut auf seine übergroße Uhr: »Tja, ich hab euch immer gesagt, dass Smartphones kein akkurater Ersatz für ein Roleximitat sind! Es ist 00:15 Uhr!«

Das Schlachtfest hatte also schon begonnen. Ogün stürmt an uns vorbei, dreht sich in der Tür noch einmal um und ruft: »Wir müssen ihn wieder reinholen! Marius ist allein doch völlig hilflos!«

Nach dem Verlassen der Haustür sehen wir ... erst mal nichts mehr. Alles ist vernebelt, aus der Ferne hört man neben dem stetigen Zischen der Raketen immer wieder kanonenartige Einschläge. Wahrscheinlich spielen gerade einige Menschen Flunkyball mit Böllern. Getrunken wird erst, wenn die Flasche in der Mitte explodiert. Ogün steht direkt vor mir und wirft einige Knallerbsen auf den Boden. »Zur Tarnung«, meint er nur trocken und zieht mich hinaus in den Nebel.

Nach wenigen Schritten höre ich hinter meinem Rücken ein ZISCH – AAH – BUMM! und sehe viele bunte Funken. Ich drehe mich um und erblicke Felix, auf dem Boden liegend, die Überreste einer Rakete in den Überresten seines Kopfes. Wenn die Menschheit je einen Beweis für Karma gebraucht hat: bitte schön![108]

»Ist es in Ordnung, Felix jetzt als Knallkopf zu bezeichnen?«, fragt Ogün.

Der Mann für die wichtigen Fragen hatte uns nicht getarnt, sondern die Verrückten vielmehr auf unseren Aufenthaltsort aufmerksam gemacht. Das Geräusch angezündeter Lunten wird immer lauter und es ist nur eine Frage der Zeit, bis eine ganze Ladung Silvesterkracher in unsere Richtung fliegen würde. Wir können uns nur retten, indem wir im Nebel der Explosionen untertauchen, während wir vereinzelte Knallerbsen weit von uns wegwerfen, um den Wahnsinn von uns wegzulenken.

Doch das Chaos hat uns bereits umzingelt. Über uns schießen Familien freudig lachend Raketen in die offenen

108 Bei meinem ersten Silvester in Duisburg kam tatsächlich eine Rakete auf Kopfhöhe angeflogen, verschwand durch die geöffnete Tür im Hausflur und explodierte dort. Hier gibt es noch was zu erleben!

Fenster der gegenüberliegenden Häuser, eine Frau rennt kreischend vor einer surrenden Feuerwerksbiene weg und ein paar Meter vor uns tauscht ein alter Mann gerade Autobatterien gegen Silvesterbatterien aus. Es riecht nach einer Mischung aus Schwarzpulver, Schnaps und Erbrochenem und wir sind mittendrin, immer wieder nach Marius rufend.

Fast am Ende der Straße vernehmen wir plötzlich ein vertrautes Geräusch. »Grrrooaah!« – wenn gerade niemand »Star Wars« schaut, muss das Marius sein. Die tatsächliche Anwesenheit eines Wookiies war eher unwahrscheinlich. Sein Fell hätte schon längst Feuer gefangen. Wir folgen dem Geräusch und tatsächlich: Marius sitzt vollkommen entspannt auf den Eingangsstufen eines Mehrfamilienhauses, welches friedlich hinter ihm in Flammen steht. Immer wieder nimmt er tiefe Schlucke aus einer Ouzo-Flasche, die er anscheinend einem Flunkyballspieler entwendet hatte. Dessen abgetrennte Hand hängt nämlich noch immer am Flaschenhals. »Marius, was hast du dir dabei gedacht? Lass uns schnell nach Hause kommen!«, sage ich und lege meinen Arm schützend um seine Schulter.

»Ruar!«, sagt Marius.

Ich schaue Ogün fragend an, da er der Einzige ist, der Shyriiwook zumindest versteht.[109] Er schlägt eine Hand vor die Stirn. »Marius will ›Dinner for One‹ gucken gehen …«

Und ich dachte, schlimmer könnte es nicht mehr kommen!

109 Nach dem letzten Text solltet ihr eigentlich auch dazu in der Lage sein!

Was für ein HuMon bist du?

»Hallo! Herzlich Willkommen in der Welt der HuMon! Mein Name ist Professor Reich! Man nennt mich den HuMON-PROFESSOR! Diese Welt wird von Wesen bewohnt, die man HuMON nennt! Für manche Leute sind sie einfache Begleiter, andere tragen Kämpfe mit ihnen aus. Ich selbst habe mein Hobby zum Beruf gemacht und studiere HuMON. Aber zuerst ... Bist du ein Junge oder ein Mädchen? Ich sehe nicht mehr so gut.«

Professor. Ja, so mag man es auch nennen. Jeder Mensch bekommt mit dem Erreichen des 14 Lebensjahres die Möglichkeit, ein HuMon zu erhalten. HuMon, das ist die Abkürzung für Human Monsters. Kleine, schreiende Wesen. Manche Menschen züchten diese Kreaturen selbst. Alle andere kommen zu Professor Reich. Den akademischen Titel hat er sich selbst gegeben, in Wahrheit ist er HuMon-Händler, mit dem man sich besser nicht anlegen sollte. Hat man sein erstes HuMon, kann man durch das Land ziehen, um der Allerbeste zu werden. Anfangs reist man zu sogenannten »Krabbelgruppen«. Diese Orte sind Treffpunkte allerlei HuMon-Haltenden, die ihre Kreaturen gegeneinander antreten lassen, um einen Orden zu ergattern. Hat man genug gesammelt, kann man die Arenen der nächsten Stufe namens HuMon-Garten aufsuchen und das Spiel wiederholt sich. Es gibt Menschen, die behaupten, dass diese Wesen in Frieden gelassen werden sollen, dass sie in Freiheit aufwachsen wollen. Aber die meisten wissen, dass das Quatsch ist. HuMons sind zum Kämpfen geboren.[110]

So habe auch ich mein erstes Monster erhalten. Es ist ein HuMon der Sorte Ginger. Wegen seiner Körperform hat es den putzigen Spitznamen »Klumpen« bekommen. Mit ihm zog ich gestern also in die nächste Stadt, um an unserem ersten Wettkampf teilzunehmen. Bis zu drei HuMons dürfen im Kampf eingesetzt werden, allerdings ist es mittlerweile sehr schwer geworden, diese kleinen Wesen in freier Wildbahn zu fangen. Meist sind unzählige Sonderbonbons zur Überzeugungsarbeit notwendig und die kann ich mir als aufstrebender Trainer noch nicht leisten. Ich muss meine Hoffnungen also allesamt in Klumpen stecken. Und wir haben lange für diesen Tag trainiert.

Normalerweise kann man dafür gegen andere Trainierende kämpfen. Sobald sich die Blicke zweier HuMon-Besitzer*innen treffen, kommt es zum Kampf. Ich lebe allerdings mitten im Nirgendwo, nur ein einziger Nachbar war in der Nähe und der hat so sehr geschielt, dass es nie zum benötigten Augenkontakt kam. Also habe ich Klumpen gegen allerlei Getier kämpfen lassen. Zuerst fraß er diverse Spinnen und Käfer, besiegte dann kleinere Vögel und Ratten, bis ich ihn gegen den Haus-Dobermann und das Pferd meiner Schwester kämpfen ließ. Es gab also keine Zweifel mehr: Klumpen war bereit!

Es war ein ruhiger Vormittag, als ich die Krabbelgruppe des Nachbarortes erreichte. Von außen ließ sich nicht erahnen, dass drinnen schon diverse Kämpfe um den heiß

110 Wer hier von Kindeswohlgefährdung spricht, sollte sich mal fragen, wieso diese Reaktion nicht schon in den Pokémonspielen kam, wenn 10-jährige Kinder allein in die Welt losziehen, um Monster zu fangen.

begehrten Windelorden ausgefochten wurden. HuMon-Trainer*innen kennen keinen Schlaf, so dass die Krabbelgruppenbesetzung oftmals mehrere Stunden am Stück Herausforderungen abwenden musste. Am Eingang erwartete mich die übliche Motivationsrede eines bereits gescheiterten Trainers.

»Hey, Champion in spe! Du wirst dich hier einigen HuMons des Typs Gift entgegenstellen. Sie werden versuchen, dich mit fiesen Krankheiten langsam außer Gefecht zu setzen. Am besten setzt du…«, aber ich ging schnell weiter. Ich rede ungerne mit wildfremden Menschen, erst recht, wenn diese mich ansprechen, als würde ich sie schon ewig kennen.

Ich setzte gerade einen Fuß ins Wartezimmer, als eine Trainerin mit einem HuMon der Sorte Engelchen aus dem Kampfraum floh. Klar, so eine saubere, glänzende Haut sollte nicht mit den giftigen Ausflüssen der hiesigen Gruppe in Kontakt kommen. »Wer ist als Nächstes dran?«, schallte es aus dem Raum und ich trat ein.

»Hey, könnten wir uns auf ein eins gegen eins beschränken?«, fragte ich direkt.

Wenn man nicht aus guten Verhältnissen kommt, hat man kaum eine Möglichkeit, zu Beginn schon mehrere HuMons zu besitzen. Wohlhabendere HuMon-Coaches können dank finanzieller Mittel alles in eine gute Förderung stecken, so dass selbst die Kreaturen aus Eigenzucht einen klaren Vorteil haben. Jemand wie ich muss eben den harten Weg nehmen und auf ein Grundverständnis von Chancengleichheit beim Gegenüber hoffen. »Na gut«, antwortete die Leitung, »allerdings setze ich dann auch mein stärkstes Monster ein!« und schon warf sie einen großgewachsenen Rotzbalg in die Mitte, der meterlange Fäden aus Flüssigkeit aus seiner Nase laufen ließ.

Jetzt war der Zeitpunkt gekommen, ihr die Fähigkeiten eines Gingers zu zeigen.

»Klumpen, los, setz Blubber ein!«, rief ich und Klumpen blubberte, was das Zeug hielt.

Kleine Bläschen aus Speichel schwebten auf sein Gegenüber zu. Dieses zog allerdings blitzschnell seine Windel aus und schleuderte sie so schnell, dass zum einen alle Bläschen abgewehrt und diverse braune Spritzer durch die Gegend flogen. Ein Kontakt mit diesen würde zur sofortigen Vergiftung führen. Klumpen kannte solche Angriffe allerdings aus den Kämpfen gegen den Haus-Dobermann und rollte sich aus der Gefahrenzone. »Komm schon, Schnäuzi, jetzt zeigen wir diesem Ginger, zu was du in der Lage bist!« und unser Gegner bohrte einen kleinen Knubbel aus der Nase, den er peitschenartig an seinen Rotzfäden in Klumpens Richtung schlug.

Doch was sind schon kleine Popelpeitschen gegen ein HuMon, das Fliegen mit der bloßen Hand fangen kann? Mein kleiner Freund griff die Peitschen aus der Luft und steckte sie, ohne zu zögern, in den Mund. Das Rotzbalg schaute völlig fassungslos und genau das war unsere große Chance für die stärkste Attacke eines Gingers. »Jetzt, Klumpen – setze Seelenfresser ein!« und Klumpen blickte mit einem ausdruckslosen Silberblick tief in seinen Gegner hinein.

Dieser bewegte sich kurz darauf nicht mehr, fing an, zu sabbern, und fiel nach hinten um.

Die Leitung gratulierte mir, überreichte mir den Windelorden und bot mir an, auch ihren Schnäuzi mitzunehmen, damit es auf meiner Reise einige Erfahrungen sammeln konnte. So kam ich also an mein zweites HuMon und machte mich überglücklich auf den Weg, die nächste Stadt mit einer Krabbelgruppe aufzusuchen.

Das Zugtoiletten-Meeting

Alle spürten ihn stark und deutlich. Der heiße Atem des Faschismus lag ihnen im Nacken und ließ einen ängstlichen Schauer über aller Rücken laufen. So nah wollte ihn niemand an sich ranlassen, so hatte sich definitiv niemand diesen Tag vorgestellt. Als er mit donnernder Stimme zu sprechen ansetzte, zuckten alle vor Schreck zusammen. »Du, Schwächling! Für dich ist kein Platz hier. Entweder du gehst freiwillig oder ich kümmere mich höchstpersönlich darum, dass nichts mehr von dir übrigbleibt!«

Hektische Blicke hin und her. Niemand wusste genau, wen dieser Bulle von Mann überhaupt meinte. Eine kleinlaute Stimme aus der Ecke meldete sich zu Wort. »Sollten wir das nicht lieber gemeinsam entscheiden? Lasst uns doch einfach abstimmen. Wir schaffen das schon! Ich glaube, es ist genug Platz für alle da. Und wenn nicht, sollten wir demokratisch entscheiden, wen wir hinauswerfen.«

»Das ist natürlich wieder typisch. Wenn die Mehrheit es fordert, wird auch dem Wunsch des Faschisten nachgegangen. Ein Sinnbild der heutigen Demokraten bist du! Ekelhaft! Alle hier anwesenden Personen haben auch ein Recht, hier zu sein. Da darf es keine Diskussion geben!«, mischte sich der alte, bärtige Mann im roten Anzug ein.

Anklagend zeigte er auf die angesprochenen Personen, was die Halsschlagader des Faschisten zum Pochen brachte. Wie konnte es diese jämmerliche Gestalt, die er aus dieser Kabine entfernen wollte, auch nur wagen, seine Stimme gegen ihn zu erheben? Erneut platzten Worte mit Donnerhall aus seinem Körper: »Du kommunistischer Schmutz! Natürlich erzählst du uns sowas. Du selber hast ja schließlich den bequemsten Platz hier auf der Schüssel sitzend. Von da aus lässt sich leicht reden!«

Dabei sah bis vor Kurzem noch alles so gut aus. Alle hatten sie ihren Platz, man fühlte sich wohl in seinem Umfeld und ging den eigenen Beschäftigungen nach. Doch plötzlich entschieden sich die anwesenden Schaffner dazu, ihren Arbeitstag nicht weiter entspannt Kaffee trinkend in der ersten Klasse zu verbringen, sondern Fahrscheine zu kontrollieren. Ein Raunen zog durch den Zug, als die Türen sich öffneten und drei Angestellte der Bahn unter in ihren Köpfen spielender, epischer Marschmusik den Gang des Waggons betraten. Unsere bunt durchmischte Personengruppe sprang in der gesamten zweiten Klasse verteilt von ihren Sitzen auf und sprintete Richtung Zugtoilette. Keiner wollte zurückgelassen werden, ein Gedränge und Geschubse an der Tür, dann ein Knall, ein Klicken des Schlosses und sieben Personen standen aneinander gequetscht in der kleinen Toilettenkabine des RE1 auf der Strecke von Hamm nach Aachen. Alle mit der gemeinsamen Hoffnung, dass die Schaffner*innen nichts mitbekommen haben.[111]

»Ich muss dem überlauten Herrn jedoch recht geben. So, wie es ist, kann es nicht bleiben. Meine Familie be-

111 Die Idee hierfür kam mir während einer Zugfahrt in Italien. Ich selbst hatte kein Ticket, was aber kein Problem war, da die Kontrolleur*innen sich die ganze Zeit nicht blicken ließen. Erst kurz vor Ankunft bewegten sie sich durch den Zug, was dazu führte, dass zeitgleich zehn Leute aufsprangen und allesamt in die Toilette des Zuges flohen. Ich war natürlich auch dabei und bin tatsächlich damit durchgekommen. Macht das nicht zu Hause nach, Kinder!

nutzt dieses stille Örtchen schon seit Generationen und einen derartigen Verfall der Sitten hat es noch nie gegeben. Werter Herr, so führe er doch bitte eine Exekution am Mann auf dem Throne durch! Und bringe er mir danach endlich meinen Wein!«, forderte ein kleiner Kerl, der sich von Wand zu Wand abstützend über dem Geschehen thronte und mit missachtendem Blick die Gestalten unter sich musterte.

Der Blick wurde eisern erwidert von einer jungen Frau, welche sich im Waschbecken zusammengekauert hatte. »Vielleicht sollten wir das eher mit ihrem Adelsgemüt machen! Es ist wieder mal klar, dass ihr alle aus euren privilegierten Positionen meint, über das Wohl der gesamten Gesellschaft entscheiden zu können. Aber wartet nur ab! Proletarier*innen des Klos, vereinigt euch! Wir stürzen eure Herrschaft und bauen etwas Neues hier auf! Ich habe mir lang genug den Rücken für euch krumm gemacht. Dieses Waschbecken ist einfach verdammt unbequem!«

»Da hört ihr es!«, meldet sich der Bärtige vom Klositz. »So und nicht anders soll es passieren! Ich unterstütze Ihr Anliegen in jeglicher Hinsicht und werde alles in meiner Macht Stehende tun, diese faschistischen Tendenzen der anderen zu beseitigen! Von meiner Position aus zumindest. Ich komme hier so schlecht vom Sitz herunter, verstehen Sie?«

Damit einhergehend fängt der Papierkorb an, zu rascheln. Wo auch sonst hätte es den Wirtschaftsliberalen hin verschlagen sollen?

»Na, entschuldigen Sie mal! Es ist doch wohl nicht unsere Schuld, wenn Sie an einen Posten geraten, mit dem sich der Lebensunterhalt kaum finanzieren lässt. Wenn Sie härter arbeiten, wird sich das auch für Sie auszahlen. Dafür haben wir doch unsere Marktwirtschaft. Das regelt sich schon alles von alleine. Sie sollten vielleicht mal Ihren Fokus etwas mehr auf sich legen. Wechseln Sie doch in die

IT! Das ist die Zukunft! Wer das nicht schafft, ist einfach zu schwach für diese Gesellschaft, da muss ich dem lauten Herrn einfach zustimmen!«

Hier schien jemand verstanden zu haben, dass sein Weltbild am erfolgreichsten ist, wenn man es mit etwas Braun mischt. Doch niemand wollte seine Position verlassen. Leichte Koalitionen brachen auf der Stelle wieder, wenn sich tiefergehend mit den Ideen der anderen Person auseinandergesetzt wurde.

Nur eine Person meldete sich nicht zu Wort. Den gesamten Streit über stand ein junges Mädchen zwischen den tobenden Entscheidungsträgern und schaute sich den Zirkus an. Auf sie würde eh niemand hören, dachte sie sich und hatte damit wahrscheinlich auch recht. Woher sollte sie wissen, wie man ein solches Dilemma lösen könnte? Ihr fehle doch die jahrelange Erfahrung im Schwarzfahren. Dass sie am Ende die Entscheidungen der Erwachsenen mitausbaden müsste, war da natürlich zweitrangig. Resigniert hockte sie in der Ecke zwischen Toilette und Klopapierhalter, als es plötzlich an der Tür klopfte.

Mit einem Mal verstummten alle Streitgespräche. Niemand bewegte sich, alle hielten den Atem an. Vielleicht würde der Schaffner ja nicht bemerken, dass sich hier eine große Ansammlung von Menschen auf der Toilette versteckte. Der Moment der Wahrheit war gekommen, alle vorherigen Diskussionen hinfällig. Nun hieß es entweder »Glück gehabt« oder »Tada! Hier sind Ihre Konsequenzen!«. Es klopfte erneut und von draußen hörte man eine Stimme fordernd sagen: »Ich weiß, dass Sie da drin sind. Wieso sollte die Türe sonst abgeschlossen sein? Halten Sie mich für bescheuert? Fahrscheine, bitte!«, doch noch immer regte sich niemand.

Wenn alle einfach nur lang genug stillhielten und nichts taten, würde die Katastrophe schon an ihnen vorbeiziehen.

»Ihnen ist schon bewusst, dass ich die Türe mit meinem Werkzeug auch von außen öffnen kann? Das ist mir jetzt wirklich zu blöd.«

Doch bevor der Schaffner seine handwerklichen Fertigkeiten unter Beweis stellen konnte, stand unter dem Klimpern seines Schlüsselbundes das junge Mädchen auf, entriegelte das Schloss und trat hinaus in den Gang, die Toilettentür hinter sich weit offenstehend. Geschwind wuselte sie sich am Schaffner vorbei zurück in einen bereits kontrollierten Bereich und setzte sich mit wummernden Kopfhörern auf den Ohren ans Fenster. Währenddessen starrten sechs erschrockene Augenpaare aus der kleinen Kabine hinaus auf den Angestellten der Bahn, welcher laut seufzend seine Maschinerie hervorholte und seinen alltäglichen Satz abspulte: »So, einmal die Fahrscheine, bitte!«

Das Mädchen fuhr so unentdeckt bis ans Ziel ihrer Reise, während die Erwachsenen allesamt einen ordentlichen Preis zu zahlen hatten.

Das Märchen von Prinz Ipien

Es war einmal am Arsch ... Da sitze ich gemütlich im Garten und wässere meine Rosen, als mein Vater aus dem Schloss stürmt und mir den Wochenanzeiger vor die Nase klatscht. Schlagzeile: »Prinzessin entführt und eingeschläfert! Prinz für der wahrer Liebe echter Kuss gesucht!«

Ein Nein wurde nicht akzeptiert, schließlich sei ich nicht gerade Prinz Charming, dem die Frauen ohne Mühe in die Arme laufen, und so langsam auch mal Zeit für einen Thronnachfolger. Jünger würde ich schließlich auch nicht mehr.

Von dem Drachen hat er mir nichts erzählt, der hier vor diesen Gemäuern stand. Ich mein, ich bin Tierfreund, da kann ich doch nicht einfach so ein majestätisches Tier abschlachten, bloß weil mein Vater die Reproduktion unserer Blutlinie nicht erwarten kann. Natürlich stellt sich die Frage, wieso Drachen ausgerechnet vor dem Domizil schlafender Frauen ihr Nest aufschlagen. Stellt euch mal vor, das passiert bei euch im Dorf: Frau Kowalski schläft ein und kann am nächsten Morgen ihr Haus für die wöchentlichen Einkäufe nicht verlassen, weil ein Drache die Tür mit seinem langen Schwanz versperrt. Okay, die Heizkosten gehen dann deutlich runter ... Doch ein Rätsel sind sie mir trotzdem, diese Viecher. Nur ist das noch immer kein Grund, sie einfach abzustechen! Ich konnte mich zum Glück mit dem hier auf eine Runde Schnick-Schnack-Schnuck einigen. Darin bin ich gut. Meine Strategie: Der gute alte Stein schlägt alles. Außer Papier, aber da so eine Drachenklaue halt immer wie eine Schere aussieht, war die Sache schnell geritzt.

Und deswegen stehe ich jetzt hier: in einem hohen Turm vor dieser schlafenden Frau, die sich auf einen verfluchten Splitter gesetzt hat oder so. Die Details seien unwichtig, meinte Vater, ich müsse sie nur küssen. Wie das denn gehen solle, habe ich gefragt. Ein Kuss wahrer Liebe – ich kenn die Frau doch gar nicht! Was für Hosen trägt die Dame denn, dass sie sich auf einen Splitter setzen kann? Trägt sie überhaupt Hosen? Will ich eine Frau, die keine Hosen trägt? Naja, zugegeben ... das klingt tatsächlich nicht so schlecht.

Aber will sie überhaupt von mir wachgeküsst werden? Wenn ich irgendwo entspannt einschlafe und wach werde, wie ein x-beliebiger Mensch mir die Zunge in den Hals steckt, weil er gerade zufällig vorbeigekommen ist ... Ich wäre, glaube ich, nicht so begeistert. Ich würde die Polizei rufen, dem Kerl eine Ohrfeige verpassen oder einfach schreien. Aber mein Vater sagt, sie müsse mich dann heiraten. Das mit der Liebe sei doch nur so eine Floskel, meinte er, das entwickele sich schon. Arrangierte Ehe nenne man sowas. Funktioniert angeblich super, die Scheidungsraten seien bedeutend niedriger, wenn sich für so ein Modell entschieden würde. Das finde ich allerdings auch etwas unheimlich. Vielleicht habe ich ja später mal richtig Bock auf so eine Scheidung? Oder sie ... Wer weiß das schon? Weil sie plötzlich doch Hosen ganz gut findet, ich aber nicht. Oder umgekehrt. Kann doch alles passieren, wer weiß das schon, wie ich in zehn oder zwanzig Jahren so drauf bin?

Und wieso müssen es eigentlich immer die Prinzessinnen sein, die sich so in die Scheiße reiten, dass ein Prinz herbeieilen und sie retten muss? Als ob alle Frauen so dämlich und hilflos wären![112]

Ich mein, wenn ich mir vorstelle, dass irgendwann einmal ein kleines Mädchen zu diesen Prinzessinnen aufblickt – was für ein Vorbild sucht sie sich dann aus? Wartet sie dann auch auf ihren Traumprinzen, der sie errettet und sich innerhalb von Sekunden unsterblich in sie verliebt? Das ist doch verrückt! Wenn einem Mädchen ein unbekannter Schönling auf einem weißen, glänzenden Pferd entgegenkommt und ihr die Hand reicht, um in den Sonnenuntergang zu galoppieren, dann sollte ein vernünftiges Mädchen nicht danach fragen, wann die Hochzeit stattfindet. Die Fragen sollten eher lauten: »Wer bist du? Was willst du von mir? Und wenn du schon einen so pompösen Auftritt hinlegst, wieso nicht wenigstens auf einem Einhorn?«

Auf einem Einhorn wäre ich auch mitgekommen. Aber es geht mir hier ums Prinzip!

Wir sollten uns mal überlegen, was für Geschichten wir den kleinen Menschen, die unsere Zukunft auf den Schultern tragen, so erzählen wollen. Was für Gesellschaftsbilder wir vermitteln und reproduzieren, wenn wir immer in solchen Rollen denken. Als ob alle Prinzen in strahlender Rüstung immer die größten Helden unserer Zeit werden. Wenn ich mir meinen Bruder, diesen Assi, anschaue, wird Heldentum in Zukunft durch die Lautstärke der Rülpser nach dem Dosenstechen ermittelt. Und was ist mit den Prinzen, die eigentlich lieber den Stalljungen heiraten wollen? Oder gar nicht heiraten wollen? Oder ihre Zukunft im Ballett sehen? Was ist mit mir? Wieso erzählt man nicht unsere Geschichte oder die der Prinzessin, die ihren Traummenschen rettet?

112 Wenn ihr selbst Märchen schreibt oder erzählt, versucht wirklich mal, mit alten Konventionen zu brechen und neue, diverse Geschichten zu erzählen! Da haben alle etwas von.

NEIN! Ich will nicht den Stoff für die immer gleichen Erzählungen bieten! Ich will mein eigenes Glück suchen! Ich werde Gärtner! Ich lebe meinen Traum oder träume einfach mein Leben lang vor mich hin, wenn ich Bock darauf habe!

»So, mach es gut, oh holde Maid, und finde dein Glück – ohne eine dir aufgezwungene Ehe! Werde Astronautin oder Testperson im Schlaflabor! Das kannst du ja. Geschlafe sie wohl! Holerö!«

Und so endet das Märchen von Prinz Ipien, der hinauszog, um die erste geruchsfreie Rose zu züchten, da ihn Rosenduft schon immer an billig parfümiertes Klopapier erinnerte. Und die namenlose Prinzessin? Nun ... wenn sie nicht gestorben ist, dann schläft sie dort noch heute. Oder im Weltall. Oder im Schlaflabor. Eben dort, wo sie will, aber glücklich und zufrieden!

Bei Lektora erschienen

Victoria Helene Bergemann

Auf dem schönen Auge blind

»Und dann sag mir, ist das nicht schön? Und gibt es eine Brille für dein schönes Auge, denn wenn du nicht mehr brennst, wofür lebst du dann? Du kannst nicht alles werden, schon gar nicht so einfach glücklich, aber wenn du gar nichts tust, wirst du auch nicht das werden, was du werden kannst. Denn egal, wer, wofür und wogegen wir sind – sei doch, wie du willst, nur nicht auf dem schönen Auge blind.«

»Wenn Victoria die Wirklichkeit beschreibt, dann geht die Realität auf ihr Zimmer und schmollt, weil sie auch gern so wäre.« (Mona Harry)

»Ausdrückliche Warnung! Victoria Helene Bergemanns Texte sind heimtückische Täuschungen. Getarnt als unglaublich unterhaltsame Bühnenstücke, Nonsenserzählungen und humorvoll tröstliche Ironiefeuerwerke der Überspitzung erschleichen sie sich deine Aufmerksamkeit. Aber noch ehe du dich vor Lachen wieder beruhigen kannst, hat dich bereits eine tiefe Wahrheit mitten ins Herz getroffen oder ein Satz in all seiner Schönheit deine Seele berührt und aus deinen Lachtränen echte gemacht. Da verschlingt man nichtsahnend eine Slam-Poetry-Anthologie und konsumiert dabei aus Versehen große Literatur.«
(Fee)

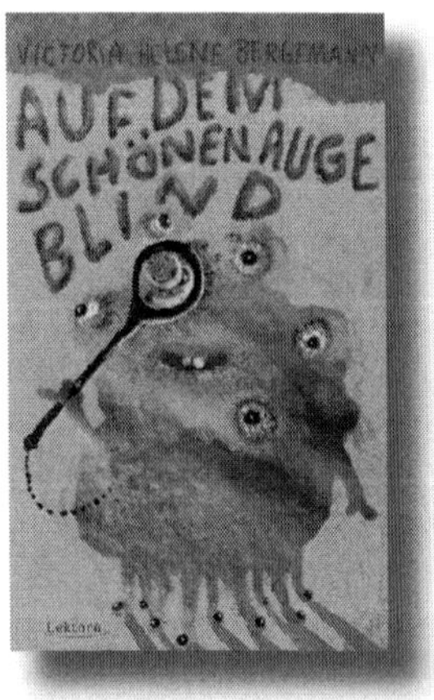

ISBN 978-3-95461-194-2
13,90 Euro

www.lektora.de

Bei Lektora erschienen

Johannes Floehr

Dialoge

Die schönsten Dialoge der 80er, 90er und die tollsten Konversationen von heute: Allesamt versammelt in diesem Buch! Nur Hits! Teilweise zum Schmunzeln! Mit coolen Illustrationen! Ursprünglich wurde der Inhalt dieses Buches in das soziale Netzwerk www twitter dot com hineingearbeitet, weswegen keiner der Texte mehr als 280 Zeichen hat. Oder auf Grammatik wert legt. Manche Wörter sind sogar absichtlich falsch geschrieben, Groß- und Kleinschreibung werden komplett missachtet. Schade! Trotzdem ist »Dialoge« ein kurzweiliges, lustiges Buch mit Gedanken zu tollen Themen wie zum Beispiel Feminismus, Tennis und Günther Jauch.

»Johannes schreibt wie ein Außerirdischer, der sich Deutsch mit Loriot-Büchern beigebracht hat.«
(Fabian Navarro)

»ein durch solche meta-layer bestechender blurb kann nur auf ein fantastisches buch hinweisen.«
(Klaas Heufer-Umlauf)

ISBN 978-3-95461-141-6
12,90 Euro

www.lektora-verlag.de/shop